O
FIM
DO
MUNDO
É
AQUI

AMY ZHANG

O FIM DO MUNDO É AQUI

TRADUÇÃO
SOFIA SOTER

ROCCO
JOVENS LEITORES

Título original
THIS IS WHERE THE WORLD ENDS

Este livro é uma obra de ficção. Referências a pessoas reais, acontecimentos, estabelecimentos, organizações ou locais são destinadas apenas a proporcionar uma sensação de autenticidade, e foram usadas de forma a desenvolver a narrativa ficcional. Todas as outras características, incidentes e diálogos foram extraídos da imaginação da autora e não devem ser interpretados como reais.

Copyright © 2016 *by* Amy Zhang
Todos os direitos reservados.

Nenhuma parte desta obra pode ser reproduzida, ou transmitida por qualquer forma ou meio eletrônico ou mecânico, inclusive fotocópia, gravação ou sistema de armazenagem e recuperação de informação, sem a permissão escrita do editor.

Edição brasileira publicada mediante acordo com a Rights People, Londres.

Design do livro *by* Paul Zakris
Copyright da ilustração da capa © Matt Roeser

Direitos para a língua portuguesa reservados
com exclusividade para o Brasil à
EDITORA ROCCO LTDA.
Av. Presidente Wilson, 231 – 8º andar
20030-021- Rio de Janeiro, RJ
Tel.: 3525-2000 – Fax: 3525-2001
rocco@rocco.com.br | www.rocco.com.br

Printed in Brazil/Impresso no Brasil

preparação de originais
THAÍS LIMA

CIP-Brasil. Catalogação na fonte.
Sindicato Nacional dos Editores de Livros, RJ.

Z61f
    Zhang, Amy
        O fim do mundo é aqui / Amy Zhang; tradução de Sofia Soter. Primeira edição. Rio de Janeiro: Rocco Jovens Leitores, 2018.

        Tradução de: This is where the world ends
        ISBN 978-85-7980-404-5
        ISBN 978-85-7980-407-6 (e-book)

        1. Ficção americana. I. Soter, Sofia. II. Título.

17-46928   CDD-895.13
                                                          CDU-821.581-3

O texto deste livro obedece às normas do
Acordo Ortográfico da Língua Portuguesa.

Para as garotas com fósforos na mão
e fogo no coração

PARTE I
Era Uma Vez

depois

15 DE NOVEMBRO

Tudo tem um fim. Isso é óbvio. É a parte fácil. É no que acredito: no inevitável, na catástrofe, no apocalipse.

O mais difícil é tentar identificar quando tudo começou a desmoronar. Eu arriscaria dizer que tudo sempre esteve uma merda, mas foi assim que finalmente começamos a perceber:

Janie Vivian se mudou no último dia das férias, antes de iniciar o terceiro ano. Estávamos sentados às nossas mesas, olhando um para o outro pelas janelas escancaradas. Uma tábua conectava os batentes, mas ela não rastejou até mim. Também não chorou. Estava pensando, concentrada. Era ainda pior.

– Você pode vir morar comigo quando quiser – eu disse. Não era só brincadeira.

Ela não respondeu. Nem se mexeu, exceto pelos dedos, que não tinham parado de esfregar sua pedra favorita da Metáfora desde que seus pais disseram para ela empacotar as coisas do quarto. O polegar estava preto de tinta permanente de caneta.

A casa nova era do outro lado da cidade e muito maior. As paredes dos fundos eram quase inteiramente de janelas, e ela podia ver a pedreira e o topo da Metáfora do quarto. Seu avô finalmente tinha morrido, isso significou que eles finalmente tinham dinheiro de novo. Era tudo que sua mãe queria. Mas isso ela foi me contando aos poucos; quase nunca tocava no assunto e eu não perguntava. Eu não tinha visto a casa nova ainda, nem nunca quis.

— Vai ficar tudo bem — disse ela, devagar, passando o dedo na pedra, borrando o que estava escrito. Atrás dela, o quarto estava vazio. Ela ia deixar a mesa e as prateleiras, porque os pais tinham comprado outras novas.

Do andar de baixo, seu pai a chamou de novo.

O dia estava úmido. Eu mudei de posição e vi marcas de suor na minha mesa, na forma dos meus braços. Era o dia mais quente do ano. Janie disse que era um sinal.

— Não é o fim — disse ela, me encarando. — Eu sei o que você vai dizer, mas não é o fim.

— Eu não ia dizer isso — respondi. — Eu ia dizer que a gente se vê na aula de inglês amanhã.

— Não, não ia.

Ela estava certa. Não ia.

— É só em outro bairro — disse ela, ainda séria, mas sem olhar para mim, e sem parar de mexer na pedra. — Não é nada. Nada vai mudar, tá? Tá?

— Tá — respondi, mas ela não estava ouvindo.

— Jaaaaaaaaaaaaaaaanie! — veio o nome novamente, dessa vez cantado por sua mãe.

O punho de Janie perdeu a cor.

— Nem é do outro lado da cidade. Na real, é só no fim da rua.

Ela botou a mão no bolso, procurando outra pedra, uma limpa. Pegou a caneta de tinta permanente, escreveu algo em letras miúdas na pedra, abriu a primeira gaveta da mesa e largou lá dentro. Ela vivia fazendo isso. Largava pedras para trás.

Ela ficou de pé e olhou para mim. Seu cabelo estava desgrenhado pelo calor e seus bolsos estavam cheios de pedras.

— Eu e você — disse ela. — Eu e você, Micah Carter.

Então ela alcançou a tábua que conectava nossas janelas e a puxou para dentro do quarto dela, e eu pensei: *É o fim.* Nossos olhares se encontraram, e ela disse:

— Mais do que qualquer coisa.

Então bateu a janela entre nós.

— Mais do que tudo — respondi, mas, claro, ela não podia mais ouvir.

Percebi o movimento do ar; a janela se fechando tinha criado a única brisa que senti em dias. Pisquei e, quando abri os olhos, ela estava indo embora. Carregava um caderno debaixo do braço, o cabelo esvoaçante, e não bateu a porta como de costume — fechou devagar, com as pontas dos dedos, e tudo parou. O mundo já tinha começado a acabar.

Quando eu acordo no hospital e me perguntam o que aconteceu, é isso que eu conto. É a minha última lembrança.

*

Tem gente internada aqui por ingestão de fumaça e por coma alcoólico. Muitos estão queimados e muitas das queimaduras são graves. Pelo menos uma pessoa torceu o tornozelo e algumas quebraram dedos.

É isso que as enfermeiras dizem, mas elas não me explicam o que aconteceu, só repetem que houve um acidente. Sempre que elas saem, Dewey mostra o dedo do meio para a porta. Dewey nunca vai embora. Ele trouxe o novo Metatron e meu Xbox, e fica sentado atirando em zumbis nazistas com o volume no máximo enquanto minha cabeça explode.

— Olha, cara — diz ele de novo. — Você foi um idiota. Não foi um acidente. Você tomou um porre e tem uma sorte do cacete de não ter engasgado no seu próprio vômito.

É mentira. Seus dedos tremem. O maço de cigarros comprime seu bolso da frente. A enfermeira disse que ele teria que ir embora se tentasse fumar aqui de novo.

Eu me sinto um merda. Os médicos não lavaram meu estômago porque a prioridade era costurar minha cabeça, que tinha arrebentado toda. Até agora ninguém me contou o que raios aconteceu. Ainda estou tão enjoado que não largo o penico pra vomitar, mas a dor de verdade é mais profunda, vem do ponto em que meu tronco cerebral se conecta à minha coluna. Meus olhos doem quando olho pro celular, mas continuo olhando. Janie tem que me responder logo.

— Cara, para de mandar mensagem e pega um controle.

Dewey trouxe meu controle extra, o que está todo ferrado porque meu cachorro mastigou antes de morrer.

— Olha só. Você é só um reserva e ela é uma campeã, saca?

Dewey é um babaca. Tem gente que tem talento pra música ou pra imaginação; o talento de Dewey é ser babaca. Ele fuma um maço de cigarro por dia, usa a gola da camisa levantada e faz babaquices tipo jogar videogame com o volume no máximo num hospital. Ele é meu melhor amigo porque somos os únicos moradores do nono círculo do inferno social. Não tínhamos opção.

— O que eu quero dizer é que você não vai marcar gol nenhum. Vocês nem estão na mesma divisão. — Sua voz treme, o avatar dele toma um monte de tiros.

— O que foi? — pergunto. — O que aconteceu de errado?

Dewey engole em seco. Ele não olha pra mim e deixa o controle de lado. Uma enfermeira entra no quarto. Ele pega o controle de novo.

— Como você está, querido? — pergunta ela, tentando ajeitar meus travesseiros.

— A Janie tá aqui? Ela tá bem? — pergunto.

— Só se preocupe com você nesse momento, tá? — diz ela, com uma voz tão doce que eu tenho que me esforçar para não vomitar. — O doutor vai te examinar de novo daqui a pouco. Tá?

O médico vai me examinar todo e falar de coisas tipo "amnésia seletiva retrógrada". Eu vou evitar vomitar nele, mas vou tentar sujar o jaleco de qualquer jeito.

A enfermeira confere o soro no meu braço, sai do quarto e fecha a porta.

— Você sabe quem mais está aqui? — pergunto para Dewey. Ele não tira os olhos da tela.

— A Janie tá aqui?

Ele atira na cabeça de um zumbi nazista.

— Eu já disse — responde ele. — Não, eu não sei quem diabos está aqui, Micah.

— Mas você não estava lá com a gente ontem?

— Não. Para de me perguntar.

O avatar de Dewey se esconde atrás de uma parede em ruínas. Uma das pernas dele está sangrando, mas ainda consegue andar. Está ficando sem reservas. Os zumbis estão chegando, o cercando.

Dewey suspira.

— Ah, dane-se.

O avatar sai de trás da parede e toma tiros sem parar. Cai duro feito pedra. Escuto uma música. Fim de jogo. O mundo já era.

— Música de apocalipse — digo.

Dewey começa um novo jogo.

— Quê?

— Nada — respondo. Nada. Não sei do que estou falando. Não, espera aí. Mais vômito. Tem gosto de vodca, que eu não me lembro de beber.

— Que merda, cara — diz Dewey, pausando o jogo e se afastando. — Meu Deus. Você tá nojento. Eu te disse pra não ir ontem, cacete, eu...

Ele engole em seco de novo.

— Volta a dormir — diz, finalmente.

Acho que obedeço. Meus olhos estão fechados, mas não me lembro bem de fechá-los. Enfermeiras, médicos e policiais vêm e vão. Acho que abro os olhos pra falar com eles, mas também não lembro.

Música de apocalipse.
Janie declarou um apocalipse.
Ela declarou um apocalipse e disse que eu podia escolher a música. As folhas estavam da cor do cabelo dela, e ela estava em pé em uma montanha de pedras. Estava rindo. Suas mãos estavam cheias de pedras que ela não parava de enfiar nos bolsos.

— Então, o que você acha? — pergunta, os olhos quase da cor do gelo, mais azuis do que de costume. — Tudo precisa de uma boa trilha sonora, Micah. Especialmente o apocalipse.

Eu não me lembro do que disse.
Eu não me lembro nem se realmente aconteceu.

O Diário de Janie Vivian

Era uma vez uma garotinha que construiu uma casa de canetas. Elas eram da marca mais barata, muito mais permanentes do que as mais caras — era preciso esfregar uma camada toda de pele para se limpar. Ela se sentou no chão do quarto e desenhou nos braços até que seus pais bufaram e gritaram que canetas eram para papel, não para pele. Além do mais, segundo eles, a tinta era veneno.

Então a garotinha guardou as canetas no bolso e foi construir uma casa de fósforos. Ela os tirou das caixas e os viu queimar perto de seus dedos, fez pedidos e os apagou. Ela os empilhou em pilhas frágeis e os imaginou queimando, porque achou que seria lindo de ver. Empilhou os fósforos cada vez mais alto, até que seus professores bufaram e gritaram que garotinhas não deviam brincar com coisas tão perigosas.

NÃO AO MEDO

Além do mais, segundo eles, era contra as regras da escola.

Então a garotinha guardou os fósforos no bolso e foi construir uma casa de pedras. Seus pais e seus professores e a cidade inteira bufaram e gritaram, mas ninguém conseguia derrubar sua casa e ninguém conseguia afastá-la de lá. Ela chamou a casa de pedras de Metáfora e passou cada segundo que pôde lá com um garoto que nunca bufava e nunca gritava. Ela sempre tinha uma caneta e um fósforo e pelo menos cinco pedras no bolso: a caneta para escrever, o fósforo para os desejos e queimar, e as pedras para mantê-la com os pés no chão.

E viveram felizes para sempre, provavelmente.

antes

8 DE SETEMBRO

Aos sete anos, eu botei fogo no Micah. A mamãe sempre conta essa história quando a gente sopra as velas juntos no nosso aniversário porque ela acha fofo, mas não é nada fofo, porque eu estava fazendo um pedido e o cabelo dele se meteu no caminho e eu fiquei sem ganhar o brinquedo que queria. Foi assim que aprendi que coisas ruins acontecem com pessoas boas.

(Eu, não Micah. Ele mal se queimou. E eu queria muito, *muito mesmo* aquele brinquedo. Piper e Carrie e as outras meninas levavam os delas pro recreio todos os dias, mesmo sendo proibido, e eu nunca tive um tão legal.)

Então, recapitulando: coisas ruins acontecem com pessoas boas, o que não é justo. Coisas ruins só deviam acontecer com pessoas ruins, tipo o Caleb Matthers.

Faço cara de gênio do mal!

Meus bolsos estão cheios de pedras. Desenhei runas representando silêncio, rapidez e coragem nos meus braços e pedi sorte para dois fósforos. Normalmente só acendo um antes de missões ninja, mas um não basta para os planos de hoje.

Estaciono o carro uma rua antes e corro pelo quintal dos Gherrick até nossa antiga rua. Derrubo a placa de "VENDE-SE" em frente à minha casa com um chute antes de chegar à porta. É azul, não brilhante como eu queria, mas azul-marinho, porque a gente pintou antes dos meus pais aceitarem que eu era capaz de ter opiniões sensatas. Não que eu ainda guarde rancor, nem nada!

Espera aí, isso é totalmente mentira. Eu ainda guardo muito rancor. Eu transbordo mágoa e angústia adolescentes.

(E eu odeio a casa nova pra cacete.)

Tento usar minha chave, mas descubro que meus pais já trocaram a fechadura. Reviro os olhos, esperando que Deus transmita a mensagem aos meus pais, e ando até a lateral da casa. Felizmente, os operários ainda não notaram a janela quebrada do porão, mas eu demoro um pouco para forçar as dobradiças enferrujadas. É a Rota de Fuga Número Sete, que não uso tanto por causa das teias de aranha ocasionais. Mas, sabe, é uma emergência.

Caio de cara no carpete do porão, que ainda está todo mofado por causa do alagamento do ano passado. Está tudo vazio. Eu subo as escadas e a casa ainda cheira à Incrível e Feliz Família Vivian, cheiro de uísque e daqueles perfumes que borrifam nas flores do supermercado para que elas pareçam mais vivas do que realmente estão, e de poeira. Acho que isso diz muito sobre a gente: nossa casa cheirava à poeira mesmo enquanto morávamos nela.

Acendo um fósforo para me guiar pelas escadas até o meu quarto, porque a casa é muito assustadora sem móvel nenhum, e eu peço por perfeição antes de abrir a porta, então agora só sinto cheiro de fumaça. Respiro fundo e atravesso o batente, olhando reto, para só ver a escrivaninha, a janela e a prateleira, e não o vazio do resto do quarto. Abro a janela e olho feio para a tela.

Arrancar a tela aos chutes é a coisa mais satisfatória que já fiz na vida.

O barulho chama a atenção de Micah, que vai até a janela. A raiva que eu sinto é forte e poderosa, porque devia ser sempre assim: eu e ele, em nossas janelas, nada de tela, de sair de fininho e dirigir no escuro só pra chegar aqui.

— Janie? — pergunta ele. — Hum... O que você está fazendo aí?

Eu ignoro as perguntas, posiciono a tábua no lugar e ele segura a ponta, por hábito. Fico de joelhos e dou uma cambalhota na tábua antes de pensar em uma ideia melhor. Por um momento hesito, instável, e me pergunto se sobreviveria a uma queda do segundo andar, mas no instante seguinte estou caindo no quarto de Micah e ele não para de dizer "Merda!" e tudo, tudo, é incrivelmente hilário.

— Meu Deus — solto, em meio a risos. — Micah Carter, é uma honra estar viva com você.

Ele só boceja e volta pra cama e... *Não, não, de jeito nenhum!*

Então eu ataco. Pulo em cima dele, um joelho de cada lado do seu corpo, e ele grita, meu cabelo cobrindo a cara dele, a gente se embola nos lençóis e os olhos dele são a primeira coisa que eu me lembro de entender.

Por um momento, tudo que eu quero é apagar as luzes e dormir na cama com ele, como a gente fazia quando criança – indo de uma janela pra outra para dormir juntos. Eu reconheço o som da respiração dele mais do que qualquer canção de ninar no mundo.

Em vez disso, apoio um joelho no peito dele e digo:

– De nada.

Ele ainda está ofegante.

– O quê? Por *quê*?

Coloco mais peso no joelho.

– Por não te matar – explico. – Benji me disse que isso mata. Pular no peito, cair de joelhos, quebrar o esterno, etcetera. Eu acabei de salvar sua vida.

Benji Arken se alistou na Marinha. Ele é um babaca racista, machista e homofóbico, mas ele é gatinho, às vezes até engraçado, e beija muito bem. E ele sabe como matar gente, mas não foi por isso que a gente terminou. Foi porque ele não tomava banho entre jogar basquete e ir para a minha casa.

– Janie – diz Micah, olhando para mim com os olhos arregalados, as pupilas escuras e dilatando, e...

Ainda não.

Saio da cama e o puxo para levantar também.

– Vamos lá – digo. – A gente combinou meia-noite. Por que você ainda não está vestido? Cadê sua máscara?

— Cara, eu tenho teste de cálculo amanhã — diz ele, esfregando os olhos e bocejando de um jeito exagerado demais para ser sincero.

— *Cara*, eu tenho o mesmo teste de cálculo. Para de frescura.

Abro o armário dele e pego nossa trança de lençóis emergencial (Rota de Fuga Número Nove) e uma das (muitas) camisetas pretas de uma pilha amarrotada. Jogo a camiseta na cara dele, mas ele não pega a tempo.

— Aonde a gente vai?

Pisco e vejo a cena pelos olhos dele. Não, não pelos olhos dele. Pela lente de uma câmera. *O Show de Janie e Micah*.

Eu, em frente à janela enorme, que dá para o mundo enorme, de olhos fechados e braços estendidos. Ele, perto da cama, cobrindo a cara com a camiseta e amarrando-a como uma máscara ninja, reclamando que embaça os óculos, mas batucando com os dedos, porque nós dois sabemos. Nós dois sentimos. A... a suspensão. *Alguma coisa vai acontecer*.

Vamos lá, Micah. Vamos fingir. Vamos fingir, só por hoje, que não tem nada de errado. Que nada mudou.

Janie e Micah. Micah e Janie.

Você está sentindo? Eu estou sentindo, como se estivéssemos num balanço, suspensos no ponto mais alto, e a gente não cai, mas nossos estômagos sim. O frio na barriga está absurdo, reagindo com a maior intensidade do mundo, resfriando e congelando, queimando minhas costelas, minha garganta, minha cabeça, tão *vivo* porque está lidando com o que há de mais interessante, está lidando com a própria vida.

Puxo a prateleira para guardá-la, amarro a trança de lençóis no pé da cama e me seguro com força, passando uma perna pela janela antes de virar para encontrar o olhar dele – *vurrrr*, cabelo voando que nem comercial de xampu. Olhos brilhando, luzes apagando e o som da minha voz, um canto de sereia para o marinheiro:

– Vamos, meu amigo ninja. Venha nessa aventura.

Sai Janie, corta, fim de cena.

Exceto que...

– Espera aí, Micah! *Micah*. A gente tem que ir no seu carro. O meu tá sem gasolina.

Começou aos poucos. Acho que a gente fez uma fornada de biscoitos e deixou na porta do Michael Wong porque ele tinha levado um pé na bunda da namorada no primeiro dia do nono ano. A mãe dele jogou fora porque achou que podiam ser biscoitos de maconha (o que obviamente não eram, senão eu mesma teria comido), mas o que conta é a intenção. Depois disso, foram clichês: varrer quintais, deixar moedas da sorte na calçada perto do colégio, botar uns trocados a mais no parquímetro.

Até que: primeiro ano do ensino médio. Éramos idiotas e invencíveis. Achávamos que podíamos tudo e começamos a nos arriscar. Rolou o fiasco da biblioteca, e acho que tudo foi piorando daí pra frente. Começamos a usar máscaras. Começamos a ter ideias maiores, melhores, como se nada no mundo fosse páreo para a gente, e às vezes ainda acho que estávamos certos.

Porque somos *maneiros pra cacete*.

Temos uma lista e somos criativos. Somos a Justiça. Fazemos a coisa certa e recompensamos os merecedores. Uma vez, entramos de fininho no zoológico para protestar contra o cativeiro de animais, outra, escondemos pirulitos pela casa toda do Grant MacFarther e ainda outra vez penduramos enfeites de Natal no carro da Jade Bastian no meio de julho. E tiveram outras noites também. Noites quietas, só nós dois, eu e Micah, Micah e eu. Nadando na pedreira. Brincando de pega-pega no estacionamento da fábrica de lenços umedecidos. Encenando *Os Miseráveis* na chuva. Estrelas e estrelas, noite após noite, segredos derramados em um mundo grande demais para dormir.

Micah está demorando demais.

Espero sentada no capô do carro e, quando ele finalmente aparece (pela porta, por quê? Ele sabe que portas são contra as regras), bato no carro com força e grito:

— Eu dirijo!

Ele só diz:

— Você não pode pedir pra dirigir, é meu carro. E sai daí, acabei lavar o carro.

— Você nem liga — digo, mas quando boto os pés no chão ele limpa minhas pegadas da tinta.

Coloco a mão no bolso, seguro minhas pedras e me pergunto se existe uma palavra para as marcas que ficam na palma da mão quando você aperta alguma coisa com tanta força que parece que a pele vai rasgar.

— Micah Carter — digo, e ele olha *mesmo*, bem na minha direção.

Os olhos dele são do mesmo tom de verde-cinza-marrom que sempre foram, ele ainda tem onze sardas (duas na bochecha esquerda, nove na direita), os óculos dele continuam escorregando pelo nariz e esse *é* o meu Micah August Carter. Esse é o garoto que subiu no telhado para ouvir o vento quando tínhamos cinco anos. Esse é o garoto que, graças a um mal-entendido, doou sangue quando eu tirei o apêndice, mesmo achando que ia morrer. Esse é o garoto que controla meus impulsos e me dá as melhores ideias.

Se sobrevivermos à noite de hoje, tudo vai voltar ao normal. Seremos nós de novo. Ele vai parar de furar comigo para sair com o Dewey nos fins de semana e eu vou parar de zanzar desanimada pela minha casa nova toda noite. Eu vou arrastar ele pela noite, toda noite. Não vamos nos preocupar com faculdade, com distância ou com afastamento quando encontrarmos namorados sem graça, porque isso aqui é de verdade e eterno e para sempre.

Ele se vira, entra no lado do motorista e eu olho feio para ele por uns bons dez segundos antes de bater os pés até chegar no lado do carona. Escolha a batalha certa e vença a guerra.

Não saímos da garagem, *arrancamos*. O motor rasga o ar. Vamos ser pegos antes mesmo de começar.

— Meu Deus, a gente vai acordar seu pai. Micah. Eu ando preenchendo minhas inscrições pra faculdade, não quero ter que escrever que fui presa.

É meio mentira, o que me deixa meio culpada. No quarto ano do fundamental, Micah e eu juramos que nunca mentiríamos sobre as coisas mais importantes, e mentir sobre as inscrições pra faculdade pode não ser importante, mas não estar pensando em ir direto pra faculdade com certeza é. Eu comecei mesmo a preencher uma inscrição, mas pra um programa voluntário para ajudar mulheres no Nepal. Eu quero construir orfanatos e dar aulas de inglês e de educação sexual. Não que eu seja boa em construir orfanatos ou dar aulas, mas dá tempo de aprender. Eu vou fazer trilhas, tirar fotos, desenhar e comprar bugigangas em mercados de rua. Vou encher meu diário de tinta, gesso, carvão, cor, caneta, palavras e histórias, encher até não conseguir fechar. Eu quero explorar. Eu quero ir para muito longe.

– Presa? Janie, você disse que hoje era coisa rápida.

Ele parece irritado, o que me irrita.

– E será mesmo – digo. – Presa foi hipérbole. No máximo vamos levar uma multa, mas só se formos pegos. Não acredito que você já terminou de se inscrever pra faculdade. Que ridículo. Ainda faltam meses pro prazo acabar. E... Vira, vira, MICAH, VIRA – grito e as rodas gritam e eu *acho* que aquela caixa de correio já estava no chão, não *acho* que a gente que a derrubou, mas melhor não esperar pra descobrir. – Tá, próxima à esquerda, segunda casa à direita. Entendeu?

– Entendi, não sou idiota.

– Não, *esquerda*, MICAH. Esquerda! ESQUERDA!

Atualizando: não estamos mortos, e Micah ainda não sabe a diferença entre esquerda e direita.

Ele finalmente para no lado errado da rua e eu não consigo parar de rir, porque, meu Deus...

— Que saudade eu tenho de você — digo, sem querer/querendo, em voz alta.

Tenho, verbo ainda no presente. Estamos aqui e ainda sinto a distância entre nós, só dobrada, amarrotada e enrolada. Nossa alma tem estrias.

Procura-se: óleo para estrias da alma. Do tipo que funciona mesmo, não daquelas propagandas toscas da televisão.

Micah cora, constrangido, mas eu não digo mais nada porque não temos tempo. Temos uma missão. Foco, força e fé. Empurro a porta do carro com os pés (falei que sou maneira) e pulo para a calçada.

Micah sai do carro e olha para a casa.

— Onde a gente tá?

— Na casa da Carrie Lang. Vamos lá. Coloquei o cilindro de gás hélio na mala do carro.

— Mas... Como você abriu a mala? Eu consertei a fechadura!

Ah, sinceramente. Que pergunta boba. Tiro a gazua do meu bolso de trás e mostro pra ele. Comprei por dois paus na internet. Acho que eu tenho um pouco de criminosa. Talvez muito.

Mas estou usando para o bem, sabe? Estou fazendo... alguma coisa. Qualquer coisa. Não aguento mais assistir, esperar e torcer para que tudo dê certo. Nunca dá certo. Só dá em alguma coisa se você exigir.

Então cá estou, exigindo.

— Vamos logo, Micah!

Ele está todo inseguro, mordendo o lábio, e eu bato o pé no meio-fio até ele suspirar e andar até o meu lado.

— Pronto? — pergunto.

Abrimos a mala e eu me enfio lá dentro para pegar o cilindro de gás hélio. Micah suspira, mas entra na mala pra abrir o saco de balões e, quando nossos olhares se encontram, meu sorriso é o maior do mundo todo.

Carrie Lang é uma das minhas melhores amigas, acho. Ela me ligou depois das duas vezes que perdeu a virgindade, e se isso não é uma melhor amiga, não sei o que é. Ela é loira, alta, linda e ridiculamente apaixonada pelo Caleb Matthers, pelo menos até descobrir que ele a traiu com Suey Park.

Ela gosta de chuva, de atores britânicos e de balões e, já que eu não tenho como conseguir os dois primeiros itens da lista, vou encher o quintal dela com o terceiro.

É o que a gente faz, eu e Micah. A gente senta na mala do carro dele e enche balões, e eu nos vejo como uma foto, tirada pela janela de trás, distante, de longa exposição. Não conto para ele que Caleb Matthers é o motivo real para estarmos aqui, que ele está traindo a Carrie e que eu sei porque vi a Suey Park usando uma samba-canção dele no vestiário antes da aula de educação física.

Caleb é alérgico a látex. Não é nada *fatal*, mas ele com certeza vai ficar todo empolado. Inteirinho. Hahahaha.

Como eu disse, o mundo não é sempre justo, e às vezes a gente tem que dar um empurrãozinho na justiça. Coisas ruins devem acontecer com pessoas ruins, mas eu não conto os detalhes para Micah. Eu o amo mais do que qualquer coisa, mas nossa alma está tão cansada agora que não faz sentido tensionar ainda mais com detalhes desnecessários.

Assim é mais fácil ser só a gente. Assim é mais fácil ver como o mundo é lindo, a vida é linda, nós somos lindos. Somos estrelas e o céu roxo-vermelho-azul é o pano de fundo. Somos fitas coloridas presas a árvores, e balões que dançam no vento. Somos sombras, o ângulo exagerado do nariz dele e os fios frisados do meu cabelo. Inspiramos o hélio e cantamos musiquinhas com vozes ridículas.

— Janie — diz ele, quando acabamos. — Eu também senti saudades.

depois

16 DE NOVEMBRO

Waldo não é nada especial. É uma cidadezinha de merda no meio de um estado de merda. Neva quase o ano todo e, quando não neva, tem milho. Ninguém nunca vem. Ninguém nunca vai.

É conhecida por ter a pedreira mais profunda de Iowa.

É conhecida por ter um time de luta livre que compete nacionalmente.

É conhecida por Janie Vivian.

Eles se revezam para me contar. Dewey, as enfermeiras, o médico, até meu pai, que me visita por poucos minutos entre os turnos de trabalho.

Meu cérebro está líquido. Eles enfiam informação atrás de informação, mas meu cérebro está líquido. Eles tocam a superfície e ele faz ondas, mas se aquieta de novo. É a parte mais frustrante. Eu sinto quando meu cérebro se aquieta, mas também acabo esquecendo.

O que lembro, o que me contaram o suficiente, é:

Teve uma festa.

Teve uma fogueira que saiu do controle.

A casa da Janie pegou fogo.

Tinha muita gente na casa dela quando queimou, porque era uma festa.

Mas Janie não estava lá.

Ninguém me conta onde ela estava nem onde ela está.

Ou talvez me contem.

Eu não sei.

Eu durmo muito. Dewey normalmente está do meu lado quando acordo. É ele quem me conta que meu pai está trabalhando um turno extra para pagar pelo hospital. É ele quem me conta quase tudo sobre o incêndio. Deve ser. Ele está sempre aqui. Para um amigo reconhecidamente babaca, ele acaba sendo bem confiável. Deve ser por causa do Xbox.

— O que aconteceu com a Janie? — pergunto.

É sábado. Acho. Faz uma semana que estou no hospital. A dor de cabeça está melhor o suficiente para que eu possa comer sólidos.

Dewey estava se preparando para atirar, mas se assusta e erra.

— O quê?

— Eu perguntei o que aconteceu...

— Eu ouvi — diz ele, pausando o jogo. — Você perguntou o que aconteceu.

— É — digo.

— Você nunca perguntou.

Eu respondo para o teto. É quase branco, quase liso, quase mais interessante do que o jogo que o Dewey joga sem parar porque zerou todos os níveis já tem uns dois dias.

— Então responde a droga da pergunta.

Ele me encara. Acho que Dewey nunca olhou pra mim assim antes.

— Normalmente você só pergunta onde ela está.

Onde. Onde está Janie Vivian. O mundo balança. Acho que vou cair da cama. Eu não estou mais vomitando, mas talvez vomite agora. Talvez.

— Ela se foi, né?

Dewey não diz nada.

— Então, o que aconteceu? Para onde ela foi?

Por um momento, parece que ele vai dizer a verdade; olho pra ele e ele me olha de volta. Os olhos dele estão quase pretos. Então ele desvia o olhar e diz:

— Ela partiu.

— Mas para onde?

— Ela... Ela está fazendo um voluntariado no Nepal.

Encaro ele.

— O quê?

— Pois é — diz.

— Mas por quê? Por que no Nepal?

Ele dá de ombros.

— Acho que ela só não aguentava mais viver em Waldo.

— Mas por que ela não ficou pra me contar?

A dor piora. A dor piora muito.

Dewey me encara de novo. Os olhos dele são quase pretos, mas só quase. Não, os olhos de Dewey são azuis. Sempre foram azuis.

Por um instante, achei que fossem pretos, as pupilas tão grandes que esconderam a íris.

O mundo está de cabeça pra baixo.

Dewey volta a jogar videogame.

O médico vem me perguntar se estou pronto para ir embora.

— Para onde? – pergunto.

Ele é careca, mas tem tantos pelos no peito que saem pelo alto do jaleco. Ainda não lembro o nome dele. Ele nunca tira uma das mãos do bolso e nunca para de mexer na caneta com a outra.

— Para casa, Micah – diz, com um sorriso enorme e falso. – Você está liberado para ir para casa.

Ele examina minha cabeça e pergunta sobre meus óculos novos. Eu lembro que os óculos são novos, mas não o que aconteceu com os velhos. Ele me diz que estou ótimo e vai embora.

Dewey vê a porta fechar.

— Ele te disse isso todas as vezes.

— Disse o quê?

Ele suspira.

— Que você vai para casa amanhã, idiota.

— Ah – digo, tentando lembrar. – Tá. Mas eu não lembro quantas vezes ele veio.

Dewey ri e volta a jogar Metatron.

— Isso é o que ele sempre diz.

No domingo, Dewey guarda o Xbox.

No domingo, finalmente me deixam vestir roupas normais. Meu pai trouxe uma bolsa na noite anterior, mas eu estava dormindo e esqueci que ele tinha vindo.

No domingo, a polícia aparece.

São dois policiais. Um é gordo, e o outro menos gordo. Eles se apresentam, mas só uma vez, e eu esqueço os nomes assim que eles dizem.

Um fica sentado, e o outro de pé. Eles pedem para Dewey ir embora e ele não obedece. Os dedos dele tremem de vontade de fumar, mas ele não levanta, então um dos policiais tem que ficar de pé. Ele olha feio para os dois e pergunta por que raios eles estão aqui.

— A gente conversou com todo mundo que estava no incêndio — diz o menos gordo, que está sentado. — É procedimento padrão, não precisa se preocupar.

— Ele tá todo fodi... Quer dizer, ele tá com a cabeça toda ferrada — diz Dewey, colocando e tirando a mão do bolso, procurando um cigarro. — Vocês não podem conversar com ele assim. Isso com certeza tá errado.

— Os médicos liberaram — diz o mais gordo, sua voz grave e firme. — São só algumas perguntas simples, Jonathan.

— Eu não me chamo Jonathan — retruca Dewey, mesmo que ele se chame.

— Dewey, pode ir — digo.

Minha cabeça dói. Dewey me olha feio.

— Cala a boca, Micah. Você não sabe o que tá falando.

— Eu sei o que estou falando — digo, devagar, para ser verdade. — Pode ir, por favor.

Ele me olha feio por mais um segundo e sai do quarto, irritado. Está com o telefone na mão, ligando para alguém. Acho que ouço ele dizer o nome do meu pai antes de bater a porta.

O mais gordo espera um instante e diz:

— Como você está se sentindo, Micah?

— Nada bem.

É provavelmente a melhor resposta que tenho para dar. Eles continuam fazendo perguntas. Se eu estou com sede. O que eu sabia sobre a pedreira. Por que eu estava sempre lá. Se eu ia sempre com Janie. Se ela andava triste. Se ela andava chorando. O quanto a gente se conhecia.

— Mais do que qualquer um — digo a eles.

O menos gordo pega um bloco no bolso.

— É mesmo, meu filho?

Ele não acredita em mim.

— Mais do que qualquer um — repito.

O mais gordo me observa.

— Você tem certeza, Micah? A gente falou com praticamente a escola inteira e ninguém confirmou isso.

— Mais do que qualquer um.

— Todo mundo diz que vocês não interagem. Nunca.

É verdade. Eu lembro. Decidimos isso no ensino fundamental. Antes, talvez. Eu não lembro bem, mas não é por causa do acidente. Só faz muito tempo.

Olho para o teto tentando entender, mas é difícil porque eu esqueço tudo. Esqueço que meu pai está trabalhando três turnos para pagar as contas do hospital e que por isso ele nunca está aqui. Esqueço que já tenho dezoito anos. Esqueço que é novembro. Tento e tento lembrar, mas só consigo pensar na Janie fechando a porta devagar, no vento da janela e em como era o fim.

— Era mais fácil — digo para o policial.

O detetive menos gordo rabisca algo no bloco.

— Por quê?

Dou de ombros. Dar de ombros agora não mostra mais minha bunda, porque estou usando roupas de verdade. Haha.

— Você disse que falou com todo mundo na escola. Não deu pra entender?

Eles me olham. Eu olho de volta. Nenhum deles responde.

— O que aconteceu? — pergunto para eles.

Eles não respondem, só continuam com as perguntas. Sobre aquela noite. Sobre o que aconteceu antes da fogueira. Se eu estava com ela. Se eu sabia que ela estava planejando a fogueira. Se eu sabia que tinha tido outro incêndio perto da pedreira. Se eu estava bêbado. Se eu sabia que os pais dela iam viajar naquele fim de semana.

Eu não sei nem por que eles estão conversando comigo.

Eu não lembro.

— Os pais dela — repito, quando me perguntam sobre eles. — Os pais dela não gostam de mim.

— Por quê? — pergunta o menos gordo de novo.

— Eles só não gostam. Os pais da Janie. Ela não gostava deles, vocês sabiam? Vocês falaram com eles?

Eles fazem que sim com a cabeça. Eles estão com a cara fechada e não falam mais do que o necessário. Não gosto deles. Não gosto de nenhum dos dois, mas eles vão descobrir o que aconteceu. Porque a Janie foi embora. Janie Vivian foi embora.

Repito isso na minha cabeça em voz alta e tento continuar respirando enquanto o mundo gira. Estamos quase de cabeça para baixo.

— Vocês sabem por que ela foi embora? – pergunto. – Por que ela foi pro Nepal?

— Quê? – diz o menos gordo.

— É – diz o mais gordo, olhando para o outro com insistência. – Pro Nepal.

— Por que ela foi para lá?

Eles se olham, os policiais.

— Por que os pais dela deixaram? Eles nunca deixariam. E a escola? – Escola. – Ela está fazendo um projeto especial sobre contos de fadas. – Falo em voz alta, deliberadamente. De repente, porque é como a memória vai e vem. Papéis na Metáfora, minha voz e a dela. Penas. Tesouras. Projetos de escola. Estamos no último ano, porque a Janie se mudou no dia antes de começarem as aulas. As mãos dela com unhas quebradas, a voz dela rindo à toa. Porque os pais dela queriam que ela fizesse o projeto sobre a economia americana. Os olhos dela estavam claros naquele dia. O cabelo dela, por todos os lados.

Milagres de contos de fadas. E eu escolhi apocalipses religiosos.

Ela riu quando eu contei, porque a gente nem planejou. A gente equilibra o mundo por acaso.

E agora está desequilibrando, girando e girando.

Olho para cima, ou talvez para baixo. Os policiais ainda estão me olhando.

— Os pais dela são doidos — digo. — Eles baniram metade da biblioteca. Vocês sabiam? Foi no primeiro ano, eu lembro bem. Janie queria ler *Mrs. Dalloway*, e a Virginia Woolf era lésbica. E eles não queriam que a Janie virasse lésbica. O tio dela é do conselho escolar, e os pais dela pediram pra ele banir metade da biblioteca.

— Eu lembro — diz o menos gordo. — Uns anos atrás, certo?

— No primeiro ano — digo. — Ela entrou no meu quarto uma noite e a gente pegou o carro do meu pai e foi para um sebo. A gente comprou livros de uma lista de livros banidos que ela possuía. Ela deixou tudo na mala do carro, e no dia seguinte a gente foi para a escola mais cedo e montou uma biblioteca no armário dela.

Não conto para eles que ela me fez amarrar uma camiseta preta na cara que nem uma máscara de ninja. Não conto que não fiz nada além de assistir ao que ela fazia. Não conto que o cabelo dela estava solto, cobrindo os ombros, e que as sardas contrastavam com a pele. Não conto o quanto eu a amava, apocalipticamente. Não conto que ela roubou o cartão de crédito do pai, nem que ela pegou o livro favorito dele da mesa de cabeceira e queimou na minha frente.

É uma boa imagem da gente. Representativa. Janie, furiosa e cheia de ideias. Eu, seguindo.

— Vocês pegaram o carro até o sebo no primeiro ano? — pergunta o policial.

— A Janie dirigiu — digo. — Ela já tinha carteira.

— Certo — diz o mais gordo.

Ele parece cuidadoso agora, falando devagar. Eu estou falando rápido demais, gesticulando demais. Respiro fundo enquanto ele diz:

— Certo, tudo bem.

O menos gordo continua anotando.

Talvez eu esteja encrencado.

— Não conta pra ninguém — peço. — Especialmente para os pais dela. Especialmente para o pai dela. Janie e o pai não se dão bem. Ele sabe do Nepal? Ele nunca teria deixado ela ir pro Nepal.

Eles ainda não olham para mim.

— Com quem mais vocês falaram? — pergunto.

O menos gordo estreita os olhos.

— Com praticamente a escola toda, garoto.

— A escola toda? Uau.

É muita gente.

— Mas a gente queria falar com você em particular de novo, Micah — diz o maior. — E com mais algumas pessoas.

— Quem?

— Alguns dos amigos de Janie. Piper. Wes, Ander. Você conhece eles?

Ele me observa com atenção.

— Não muito – digo. – Janie gosta do Ander, então eu detesto ele por princípio.

— Espero mesmo que ela goste dele – diz o maior, tentando sorrir, tentando quebrar o gelo, mas a gente está numa merda de um hospital e minha cabeça está quebrada. – Eles estavam... Eles estão namorando.

— Estão?

Ninguém me contou. Ou talvez tenham me contado. Não me surpreenderia. Então eles estão namorando... Janie sempre consegue o que quer.

Eles não me perguntam por que detesto Ander por princípio, mas é porque estou apaixonado por ela e sempre estive. Talvez eu já tenha dito isso. Não sei.

Minha cabeça dói.

— Eu sei, meu filho. Sinto muito. Vamos embora daqui a pouco – diz o menos gordo e, realmente, guarda o bloco de notas.

Parece que falei em voz alta. Achei que estava me controlando melhor.

— Descansa, tá, garoto? – continua ele.

— Teve um incêndio – digo de repente, e eles param no caminho pra porta. – Uma fogueira.

— Sim – diz o mais gordo.

Minhas mãos. Meus dedos não estão enfaixados. Nada além da minha cabeça.

— Muita gente se queimou – digo devagar.

Os policiais se entreolham.

— Eu me queimei?

O detetive menos gordo se mexe; ele quer pegar o bloco, mas o outro o impede.

— Você estava na festa, Micah?

— Não sei – digo. Não sei, não lembro.

— Ok, ok, meu filho – diz o detetive mais gordo, a voz calma de novo.

As mãos dele estão para o alto. Eu respiro fundo.

— Descansa. A gente se fala depois.

Waldo não tem muitas festas. Não tem faculdades por perto, então ninguém aprendeu a dar festas. A galera bebe no porão depois da formatura e ouve música alta nos fones de ouvido para não acordar os pais. Waldo não tem festas grandes, festas que causam fofocas, festas às quais alguém vai. Festas às quais todo mundo vai.

Mas Janie sim.

Tinha uma festa e uma fogueira.

Tinha uma festa e uma fogueira na casa nova de Janie. Eu lembro, de repente, quando saímos do hospital e meus olhos doem por causa do sol.

Era tanto fogo.

Penso nisso enquanto Dewey me leva para casa de carro. Achei que meu pai ia ter que me buscar, mas eu tenho dezoito anos. Sou um adulto. Continuo esquecendo. Queria lembrar o nosso aniversário. Janie deve ter feito algo muito doido pro nosso aniversário de dezoito anos.

Em um determinado momento, pergunto para Dewey por que ele está fazendo isso tudo e ele diz que está recebendo dinheiro do meu pai. Faz um pouco mais de sentido, exceto, claro, que meu pai não tem dinheiro.

Tinha uma festa e uma fogueira, e a fogueira era enorme.

Repito isso enquanto o carro balança em ruas que nenhuma obra consegue alisar. Eles continuam tentando, de qualquer jeito. Eles estão sempre tentando. No canto do bairro tem mais um trator carregando pedrinhas.

Janie adorava essas pedrinhas.

Ela as deixava por todos os lados.

Me pergunto se a polícia sabe.

Me pergunto se eu deveria contar.

O Diário de Janie Vivian

Era uma vez uma menina e um menino que entraram na floresta sem seus pais. Eles andaram até encontrar uma árvore tão vasta quanto o céu, um cemitério cheio de flores e, o melhor de tudo, uma montanha de pedras melhor do que qualquer casa de doces, porque era toda deles. Em casa, eles tinham pais que os mandavam engordar ou emagrecer, que diziam que eles precisavam guardar dinheiro pra faculdade e estudar e parar de acreditar em um mundo encantado. Mas a montanha de pedras era só deles dois, o que bastava.

Às vezes, eles se perdiam. Às vezes, eles não queriam se encontrar. Mas era uma floresta grande e um mundo ainda maior e, quando eles iam a qualquer lugar sem o outro, deixavam rastros de pedras que indicavam o caminho do reencontro.

Porque eles se amavam com o maior amor de todos.

antes

10 DE SETEMBRO

Ander Cameron está no meio de um programa *nada estranho* de dez etapas, que dura um mês, para se apaixonar por mim. Passei duas semanas planejando nossa relação nas páginas 158 a 176 do meu último diário, e ele, tão querido, avançou muito hoje de manhã. Ander Cameron, a pessoa mais perfeita de todos os planetas do universo, me trouxe café hoje de manhã. Ele ainda tinha uma semana para chegar nessa etapa, mas, sério, pontualidade é muito sexy, né? (Sim, é mesmo.)

Ainda melhor – ele acertou o café! Chocolate com sabor de avelã, e chantilly de chocolate por cima. Ele entrou na sala de inglês, deixou o café na minha mesa, sorriu com aqueles dentes perfeitos e disse:

– Oi. É isso que a Piper costuma pedir, né?

Uma das vantagens de ser melhor amiga da Piper Blythe é que ela mora do lado do Starbucks e pede um café para mim todo dia. No entanto, Piper tinha que ir ao dentista hoje, então eu já estava preparada para sobreviver à terrível realidade de um dia sem cafeína, mesmo que tivesse que recuperar o sono que perdi por causa da Carrie e aí – oi, Príncipe Encantado do cacete.

— Você é um anjo – digo, como se ele ainda não soubesse, e jogo meu cabelo na direção dele para que ele sinta o cheiro. Uso xampu e condicionador fortificante de queratina, com perfume de limão com framboesa, e cheiro tão bem quanto o nascer do sol. E funciona! Ele se aproxima, só um pouquinho, mas as menores coisas são as mais importantes.

Ele, por outro lado, cheira a sal e desodorante, o que eu acho que é melhor do que não usar desodorante, pelo menos. Ele cheira a sal na minha imaginação também, mas mais parecido com o mar e menos com suor. Infelizmente, a vida não é perfeita. Quem diria?

O que você precisa saber sobre Ander Cameron:

1. A alma dele é da cor de um dia úmido, quando o céu está coberto por uma camada de nuvens bem finas. Dá para saber que tem algo por trás – chuva, sol ou trovões –, mas não dá para identificar o que ainda.

2. Nas tardes de terça e quinta, ele vai para a faculdade mais próxima e tira a roupa – ou melhor, *se despe* – para as aulas de desenho vivo. Ander não é só gato que nem um garoto da praia, ele é tão gato que parece esculpido por Deus. Ele é feito de partes angélicas que teriam feito Michelangelo chorar, mas ele finge não saber disso.

3. Tá, ele é meio babaca. Mas tudo bem. A gente está na escola. Todo mundo é meio babaca.

*

O sinal toca, uma voz nasalada recita o hino pelo sistema de som e o Sr. Markus faz a chamada. Micah e Dewey ainda não chegaram, então o Sr. Markus suspira ao ver as mesas vazias (de novo) e passa uma mão na cara. Ele tem mãos viajantes no tempo, pelo menos vinte anos mais velhas do que o resto do corpo, cheias de rugas, veias e marcas, as unhas parecendo luas. Eu desenho as mãos dele na carteira enquanto ele fala. (Acho que a regra de não desenhar na carteira só se aplica a desenhos de pênis.)

– O prazo para a entrega da primeira parte do projeto final é hoje – avisa o Sr. Markus.

A turma toda suspira, menos eu, porque convenci o professor a me dar um prazo especial. A gente precisa escrever uma autobiografia, porque é importante se entender antes de entender qualquer outra coisa.

No entanto, meu projeto é multimídia e minha autobiografia vai documentar o processo: eu estou desmontando e remontando contos de fadas para que eles se encaixem na minha vida, mas o prazo do projeto mesmo é só no fim do ano. De qualquer forma, o Sr. Markus não tinha como discutir quando eu argumentei que já me conhecia muito bem.

– Nos últimos cinco minutos, recebi quatro trabalhos – continua ele. – Deplorável. Parece que preciso lembrar que os projetos finais contam como setenta e cinco por cento das suas notas de inglês. Se vocês forem mal no projeto, não vão se formar. Trabalhem.

Gideon Markus não é de falar à toa, porque ele é um gênio. Muita gente odeia o Sr. Markus porque ele não é de enrolar, mas acho que gostam dele pelo mesmo motivo.

Tem uma pausa antes de todo mundo correr para pegar os computadores, mas eu só lambo o chantilly do meu café e abro meu diário. O Diário Número Doze parece promissor. Já está cheio de envelopes, ingressos de cinema e outras besteiras que me farão sorrir quando eu já for velha, o que é um alívio depois da organização obsessiva do Número Onze, que só tinha texto. Doze é um bom número, cheio de significados: princesas bailarinas, irmãos transformados em cisnes, portas no céu. (Número Treze é outra história, mas não vou me preocupar até chegar lá.)

Ainda está muito cedo para ser produtiva, então pego uma caneta e dou uma olhada na lista de frases da Virginia Woolf no começo do Diário Número Doze para escolher uma para escrever no meu braço. Eu estou sempre coberta de frases da Virginia Woolf porque sou apaixonada por ela. Se eu pudesse pegar qualquer pessoa da história, escolheria a Virginia sem pensar duas vezes.

Acabo escolhendo: *Arrume as peças que surgirem no seu caminho.* Acho que combina bastante com meu projeto final, então considero que já trabalhei o suficiente por hoje. Abro o Diário Número Doze e continuo a desenhar nas margens de uma página nova. Desenho planetas e universos, contos de fadas e garotas que arrumam as peças que surgem, e no centro: uma estrela se dissolvendo, um átomo cuspindo na direção da Terra com duas almas gêmeas dentro. É *um* átomo, singular, com um campo eletromagnético dançante e agitado, mais claro do que qualquer sol.

Do outro lado da sala, o Sr. Markus está brigando com Wes Bennet porque ele não está trabalhando, e eu roubo as palavras e as desfio até ele estar narrando em sua voz áspera.

Era uma vez, ele diz, e eu escrevo em traços furiosos. *No começo, não existia a escuridão. Só existiam estrelas unidas por luz e um único átomo com asas.*

Asas... Elas serão minha obra-prima. Elas vão ser tão impressionantes que todo mundo vai explodir. Tchau, Wes Bennet e seu trabalho pseudorrevolucionário sobre a educação nos Estados Unidos. Até mais, Piper Blythe e sua tese (que é até que bem legal) sobre viés cognitivo e fracasso. Até você, Micah, com seus apocalipses. Vocês vão morrer de vergonha diante das minhas asas.

Começo a desenhar de novo: uma estrutura de arame, tela sobre bambu, plumas cortadas de Andersen e Grimm. Asas de monstros de contos de fada, na forma das de uma borboleta, mas com plumas como as de um pássaro, com garras como as de um morcego e maiores do que as de um dragão.

Então as linhas de caneta se prolongam e se mexem, aprendendo a voar. Elas se transformam em pássaros, árvores, veias, sonhadores e algumas criaturas raivosas que rosnam por serem consideradas um erro. Isso. Tenho uma asa alongada e uma que se desintegra no mundo inteiro.

O Sr. Markus quase não concordou com minha proposta. Eu choraminguei, implorei e até ofereci propina (na forma de biscoitos) até ele aceitar. Ele diz que meu problema é que eu nasci com um milhão de começos, mas sem fim algum. É difícil discordar, porque tem muitas provas disso na sala de arte do terceiro ano. Projeto inacabado atrás de projeto inacabado: um bule sem tampa, quatro pires e uma xícara, um mapa-múndi de barro faltando a Austrália, sete ou oito potes pela metade e uma bola de porcelana que eu perdi, achei depois de fossilizada e cobri em runas vikings para dar sorte.

Mas não dessa vez. Eu juro pela minha vida que vou acabar essas asas. Vou mesmo! Prometo.

A porta abre com um estrondo. Dewey entra com aquela gola levantada ridícula e Micah se arrasta atrás dele, o cabelo tão bagunçado que parece um desenho animado e os dedos cheios de cafeína. A maioria dos caras faz essa parada de piano imaginário, batucando com os dedos na borda da carteira e sentados com as pernas bem abertas, se achando muito *descolados*. Micah não é desses. Micah é cheio de hábitos nervosos e de música que nunca para.

O Sr. Markus mal olha para eles.

— Sentem-se — diz, ainda digitando.

Outra coisa sobre o Sr. Markus: ele participa de todos os projetos com a gente. Ele não fica sentado em frente ao computador com a tela escondida para corrigir trabalhos, jogar paciência ou ver vídeo pornô.

Micah abaixa a cabeça e se senta em uma cadeira, enquanto Dewey resmunga que não é culpa dele se o carro de Micah é uma merda. Micah me vê lambendo meu dedo coberto de chantilly e sorri, mas eu tenho que ignorá-lo porque...

— Oi — sussurra Ander.

Ele se aproxima e o sorriso angélico faz com que eu me sinta perfeita: peculiar sem ser estranha, talentosa sem ser convencida, a luz do Sol sem a queimadura.

— Eu gostei dos seus sapatos — continua ele.

Que besteira adorável. Ander flerta mais do que qualquer pessoa do mundo, mas nem faz ideia. Estar perto dele é que nem andar em um balão inflado pelo seu ego — a vista é linda, tem calor por todos os lados. Não sei por que gosto dele, só que gosto, e tudo bem. Mesmo! As pessoas gostam demais de *porquês*. Nem sempre a gente precisa de um motivo. Eu quero clichês e simplicidade. Eu quero que o Diário Número Doze seja composto de calor e de momentos. Umidade no copo da Starbucks com meu nome escrito errado. Pessoas brancas quase se beijando. Namorado de roupa xadrez. Pernas de salsicha pegando sol.

Ander se aproxima mais um pouco. É importante, a proximidade, porque faz meu coração bater tão rápido que parece que vai quebrar uma costela. Se eu morrer de ataque cardíaco (DEUS ME LIVRE, eu não vou morrer de um jeito tão banal, *eu me recuso*), vai ser por causa deste momento. Ele sorri com os cantos da boca, mostrando os dentes lindos de novo, e meu corpo todo derrete porque nossos bebês seriam os bebês mais perfeitos em toda a história do universo.

— Oi — diz ele de novo, vendo meus desenhos.

Ele afasta minha mão para olhar os rabiscos, os universos, as asas e as estrelas, e eu congelo.

— São muito bonitos. Mas tá faltando um foguete. *Vruum* — comenta.

Não. Você não pode olhar, anjo. Você não pode afastar minha mão. Mas eu não puxo o caderno de volta. Eu engulo em seco e...

O que eu faço?

Eu desenho um foguete. *Eu desenho uma bosta de um foguete.* (Peraí: ele disse "vruum"?)

— Agora vai terminar seu trabalho — digo, empurrando ele de leve pelo ombro, não para encostar nele (ok, um pouco para encostar nele), mas para me afastar.

Não é assim que namorados (possíveis, futuros) devem se comportar? Olhando para o que você está fazendo e sorrindo torto, fingindo se interessar pelos seus rabiscos bobos. Eu queria tanto que fosse assim quando estava namorando Jeff Martin, que só queria saber de beijar, o que não teria sido um problema se ele aprendesse a usar menos os dentes.

— Sr. Carter — diz o Sr. Markus, insistente. — Por que você vem para a aula? Você chega atrasado e nem se dá ao trabalho de fingir que está estudando. Seus colegas pelo menos fingem. Só posso supor que você já terminou o trabalho, já que você e o Sr. Dewey parecem ligar bem mais para bolinhas de elástico do que para sua educação.

Micah levanta a cabeça. A cabeça toda mesmo, não só os olhos, e parece doer. Tudo que Micah faz parece doer. Ele se mexe rápido demais e cada movimento parece um susto. Não consigo decidir se acho Micah bonitinho ou não, mas uma vez ouvi duas garotas do primeiro ano dizerem que ele tinha olhos sensuais.

Não que eu tenha ficado com ciúmes nem nada.

É só que... A gente já tinha demarcado nossa alma e fincado nossas bandeirinhas por lá. A gente já tinha conquistado. Ele: música, realidade e todas as palavras tímidas demais para serem ditas. Eu: arte, sonhos multicoloridos, tudo que acontece sob a luz do Sol e todos os segredos trocados sob a luz da lua. Fizemos esse acordo antes mesmo dos dinossauros povoarem a Terra, então ele não *pode* mudar tudo agora.

Além disso, não é como se *elas* prestassem atenção antes. Antes da acne dele passar, do barbeiro raspar os lados do cabelo dele (que eu ainda acho um corte com cara de Juventude Hitlerista) e de óculos de aro grosso virarem moda. *Eu* prestava atenção. *Eu* sempre soube que o mais bonito nele são os cílios. E que os óculos estão com o grau errado, então quando ele aperta os olhos, os cílios ficam colados e ele pisca várias vezes bem rápido, é porque ele não está enxergando nada, não porque ele *entende* vocês, calouras idiotas.

Mas enfim.

— Hum — diz Micah, largando na mesa o elástico com o qual estava brincando.

Ao lado dele, Dewey resmunga:

— É, elásticos são mais legais do que essa porcaria.

— Fantástico — diz o Sr. Markus, se inclinando para trás na cadeira e fazendo um gesto para chamar Micah para a frente da sala. — Então, por favor, leiam os trabalhos. A turma vai criticar.

Dewey bate nas costas de Micah.

— É com você, cara.

Consigo ver Micah engolir em seco a distância.

Ele leva uma vida inteira, talvez duas, para chegar à frente da sala. Ele contrai a garganta, amassa o papel que segura e alguém na turma ri. Olho feio na direção do riso. Meu olhar é destruidor – passei tempo demais ensaiando no espelho para ele falhar. Kelsey Davenport treme.

O olhar destruidor não é nada. É só educado, sabe, garantir que ninguém vai zoar o Micah. Nossa interação na escola funciona bem agora. O mais difícil foi no sétimo ano, quando meus peitos cresceram e as espinhas dele também, e a gente precisava demais da companhia um do outro, mas não podia nem conversar na escola porque eu me achava popular demais. Mas é melhor assim. Acho. É mais fácil ter nossos grupos de amigos separados na escola, sem tentar juntar tudo, mas talvez seja um pouco mais fácil para mim do que para ele.

— Se tem um ponto no qual a ciência e a religião estão de acordo – começa ele, gaguejando.

Ele tosse, pigarreia e continua:

— Se tem um ponto no qual a ciência e a religião estão de acordo, é o fato de que o mundo vai acabar. Talvez o Sol apague ou a ira de Deus destrua tudo ou um lobo gigante devore a Terra, mas o que se mantém é a ideia constante de entropia. Tudo está desmoronando. Tudo está se encaminhando para o fim.

Ander tosse. Ele está tentando controlar sua expressão e, quando encontra o olhar de Wes Bennet, os dois dão sorrisinhos metidos. (Ai. Eu estou totalmente a fim de um babaca. Que clichê.) Micah está vermelho e tenta se esconder, levantando os ombros até as orelhas, sem saber para onde olhar.

Micah vive como se ele fosse uma desculpa. Ele cora quando respira porque está usando o ar de outra pessoa. É como se o maior desejo de Micah fosse desaparecer, e ele acha que se ficar sempre quieto, se não tirar o olhar do chão, se respirar o mínimo possível e se andar devagar, vão esquecer que ele existe.

Mas ele está errado. É assim que você desaparece: você mergulha no seu DNA e arranca tudo que não é carbono. Você copia. Que nem papel carbono (entendeu a piada?). E você continua. Você se inscreve na faculdade porque é o que você tem que fazer, e aí você reclama das dívidas, das turmas e do sistema, porque é o que todo mundo faz. Você encontra empresários usando ternos feios, você casa com o cara mais sem graça e vocês compram uma casa grande e perfeita, cheia de relógios que apontam para o cemitério. Não se preocupe. A maré vai te levar.

Olho para ele intensamente e puxo nossa alma até ele olhar para mim.

— Mais do que qualquer coisa — sussurro para ele, já que ninguém está olhando.

Ele relaxa os ombros. Sorri. Nossos olhares se encontram... nossa alma brilha tanto.

Ah, Micah. Eu nunca vou deixar a maré nos levar.

Então Ander olha para mim de novo e sorri com o canto da boca, só por um instante, e eu sei que estou numa sala de aula, sentada na carteira, mas mesmo assim minhas pernas tremem tanto que parecem gelatina.

depois

19 DE NOVEMBRO

Era sério. O que a polícia disse, digo. Era sério aquilo deles falarem comigo depois. Eles me perguntam sobre tudo. Tudo. Perguntam sobre a Janie, o que dá na mesma.

Eles me contam sobre o incêndio.

Eles me contam que acham que foi de propósito.

– É – digo. – Era uma fogueira, não era?

Sim, eles concordam, impacientes. Provavelmente porque já me disseram isso antes. Sim, era uma fogueira. Mas o fogo se alastrou. Alguém deve ter feito o fogo se alastrar de propósito.

– Quem? – pergunto.

Eles me dizem que encontraram gasolina.

Eles me dizem que estava por todos os lados, mas especialmente no segundo andar. Especialmente no quarto dela.

Eles me perguntam se eu sabia que passei aquela noite toda com Janie. Eles me perguntam por que fizemos isso, já que não queríamos que ninguém soubesse que éramos amigos. Eles me perguntam de novo o porquê disso.

A verdade é que eu não sei responder. Ela é Janie Vivian e eu sou Micah Carter. Não sei explicar melhor do que isso.

Dewey ainda está cuidando de mim. Quando a polícia vai embora, desço até o porão e o encontro jogando Metatron de novo.

— Você tem que parar de falar com aqueles babacas — diz ele quando me vê. — Seu pai pediu pra eu te falar pra não dizer mais nada para eles até eles trazerem um mandado de busca.

Eu ignoro o que ele diz, porque meu pai pode me dar o recado por conta própria se decidir aparecer em casa. Onde ele está mesmo? Não me importo o suficiente para perguntar.

— Eu quero ver a casa dela — digo.

Dewey joga Metatron com o corpo inteiro. Ele desvia de uma bala e de uma mordida de zumbi e se joga para frente para atirar.

— Não tem nada pra ver — responde, desviando de novo.

Ele bate com a cabeça na mesinha de centro.

— *Merda*.

Ele pausa o jogo para me olhar feio, como se fosse minha culpa.

— Pega um controle pra jogar logo, merda.

— Você me dá uma carona?

Minha carteira de motorista está suspensa por enquanto. Eu estou quase capaz de andar em uma linha reta, então daqui a pouco devo poder dirigir de novo.

— Por que eu faria uma merda dessas? — pergunta Dewey.

— Eu vou de qualquer jeito — respondo. — Só não queria ir andando.

Está frio, o que é estranho. Eu vivo saindo de casa de short porque ainda acho que é setembro. Mas claro que não é mais setembro.

— Só um segundo — diz Dewey, voltando a jogar.

Eu começo a subir as escadas.

— Tá, tá bom! Eu tô indo. Que saco, Micah.

Vamos na direção da pedreira. As ruas estão em obra. Não consigo parar de olhar para o cascalho nas calçadas esperando o alcatrão. Não sei por quê.

Menciono isso para Dewey e ele diz que eu já sabia disso e eu lembro que sabia mesmo. Acho que é um bom sinal.

O tempo está nublado hoje. É o tipo de nublado que tira a cor de tudo. Penso nos olhos dela.

Dewey dirige e eu mexo no celular. Janie ainda não me respondeu. Mandei uma mensagem por dia pra ela, sempre às 7h31 da manhã, mas ela ainda não me respondeu.

Dewey dirige pior sóbrio do que bêbado. Ele vira no único bairro rico de Waldo, cuja entrada é oposta à da pedreira, mas ele vira demais e sobe na calçada. Ele quase mata uma mulher, mas acaba não batendo, e enquanto Dewey xinga e buzina, eu me encolho.

— É a Piper — digo, mas ela nem para pra xingar a gente. Ela já está indo embora. Foi. — Ela estava chorando.

Dewey dá ré e volta o carro pra rua.

— Ela não estava chorando.

— Por que ela estava chorando?

— Ela não estava chorando, droga – diz Dewey, sem olhar para mim.

Seguimos em silêncio.

As árvores aqui são altas, e as casas são quase mais altas. Elas parecem obscenas e vazias. As persianas são falsas, e as casas são afastadas demais para ir de uma janela para outra. É um condomínio novo, e a maioria das casas ainda está vazia, porque ninguém em Waldo tem dinheiro para morar aqui. É claro que Janie odiava.

Dewey faz mais uma curva e eu vejo. Ele estava certo. Não tem nada para ver. Só a estrutura preta e frágil da casa, parecendo palitos de dente. As vigas saem do chão como as costelas de um gigante. Lembram os contos de fadas de Janie. Nada mais é preto. Eu não sabia que incêndios eram assim. Achei que fosse estar tudo preto, da cor do carvão, mas não. Está tudo cinza. Está tudo da cor do céu.

Estou fora do carro, mas não me lembro de soltar o cinto de segurança, nem de abrir a porta. Estou fora do carro e o ar está seco, ainda com cheiro de fogo.

A grama estala sob meus pés.

— Não, Micah – ouço Dewey dizer.

Está tudo cercado por uma fita amarela, mas me esgueiro por baixo. Ignoro Dewey e ele não me segue.

O mundo está girando, mas eu ainda não lembro.

O sol está escondido, mas meus olhos ainda doem.

E meus pulmões.

Entre os palitos de dente, encontro metade de uma poltrona. A chaminé e a lareira. Algo que parece ter sido um piano. Não me lembro da poltrona. Eles devem ter comprado depois da mudança. É isso mesmo. Lembro que Janie falou da mobília nova, que ela detestava.

— Micah?

Viro, assustado, e vejo o Sr. Vivian na saída da garagem e Dewey entrando no carro para evitar o que está prestes a acontecer. O pai de Janie é um homem grande, mas ele também está cinza. Ele jogava no time de futebol americano da Waldo High e corria no time de atletismo. Ele namorou a mãe da Piper e também a mãe do Wes Bennet, talvez ao mesmo tempo. Janie me contou isso no nono ano. Ela tinha certeza que os pais dela poderiam ter sido felizes se não estivessem juntos.

— Não é engraçado? — disse ela.

A gente tinha acabado de voltar de uma missão ninja, e ela estava no parapeito da janela, prestes a ir embora.

— Se existe uma única pessoa no mundo com quem você deveria estar, deve existir uma única pessoa no mundo com quem você não deveria estar. Quer dizer, deve existir muita gente. Mas uma em especial. Você não acha engraçado que, de todas as opções no mundo, meus pais acabaram juntos? Eu acho.

Não é uma memória útil. Não é o que eu queria lembrar ao vir aqui.

— Micah, o que você está fazendo aqui? — pergunta o Sr. Vivian.

Ele anda devagar até a entrada, mas não passa da faixa amarela. Eu olho para ele, mas continuo andando para trás. As cinzas ficam mais grossas. Chegam aos meus tornozelos. Cobrem meus sapatos. Eu olho para cima; o céu é da cor do chão.

– O quarto dela era aqui? – pergunto para ele.

O rosto dele está tenso.

Eu olho ao meu redor. As árvores estão bem, em geral. Alguns galhos estão queimados, mas, de forma geral, elas estão bem. Elas guardam a casa.

– Ela mentiu – digo. – Não dá pra ver a Metáfora daqui.

– Micah, você sabe que não devia estar aqui – diz ele. – Está interditado por uma razão. E você... você, especialmente, não devia estar aqui.

Ele está quase gritando. Ele diz *você* como se estivesse cuspindo merda.

– Vocês vão voltar pra casa antiga? – pergunto.

Tem um parafuso no maxilar dele, apertando cada vez mais, e a tensão passa dos limites.

– Vai embora – diz ele.

Eu queria... Eu queria ser capaz. Mas meus pés se afundaram nas cinzas. Eu só consigo olhar para ele. Os olhos dele são mais azuis do que os da Janie. O cabelo dele é escuro, mas a barba é tão ruiva quanto o cabelo dela. Consigo ver Janie nele. Nunca contaria isso para ela. Ela nunca ouviria. Ela provavelmente me daria um soco se eu dissesse. Mas consigo vê-la nele.

— Micah — diz ele. — Eu quero que você saia da minha propriedade. Eu quero que você vá embora. Eu quero que você nunca mais chegue perto da minha família. Eu não quero mais encontrá-lo aqui. Eu só quero te ver de novo no tribunal.

Dá para ver a pedreira daqui, então essa parte é verdade. Mas não dá para ver a Metáfora. Dá para ver celeiro do Old Eell, então deveria dar para ver a Metáfora, e a Janie nunca mentiria sobre isso. Janie nunca mentiria sobre a Metáfora.

— Eu tenho que ir — digo, correndo para longe dele, pela saída, até o carro, onde Dewey me espera. Não lembro quando ele entrou no carro. Ele deve ter se escondido lá quando viu o Sr. Vivian, o que não me surpreende. Dewey normalmente resolve problemas fugindo deles.

Ainda estou correndo até o carro de Dewey, ainda estou olhando para o meu melhor amigo babaca, ainda estou me perguntando por que não vi a Metáfora do alto da colina.

Mas de repente também estou na cama, e o quarto está escuro e Janie está do meu lado. Estamos enrolados nos lençóis. A cabeça dela está apoiada no meu travesseiro e ela está gritando. O pai dela está parado na porta, ocupando o quarto todo.

O momento quebra e vira pó. Cinzas.

Entro no carro.

— Me leva para a pedreira — digo para Dewey, que obedece.

No carro, lembro de novo.

— O que o pai da Janie quis dizer quando falou do tribunal? E de mim?

Dewey corre com o carro na direção da pedreira, cada vez mais longe das casas grandes e vazias.

— Não era nada.

— Você nem ouviu.

— Então por que você me perguntou, porra?

— Porque você está escondendo alguma coisa — digo, e as mãos dele apertam o volante com mais força. — Meu pai também. Ele sempre diz que está cansado demais pra conversar quando eu pergunto. O que está acontecendo?

— Nada — diz ele, fazendo uma curva tão fechada que bato na porta. — Não está acontecendo nada. Cala a boca e nada vai acontecer. Se você não lembra, não fala nada. Só isso. É fácil.

— O que é fácil?

A rua agora é de cascalho. De pedrinhas.

— Cacete, Micah. O que você acha? Usa essa sua cabeça ferrada. Por que você acha que a polícia aparece o tempo todo? Por que você acha que os policiais ficam te perguntando sobre o incêndio?

Quando ele diz isso, a resposta é óbvia.

Porque eles acham que foi minha culpa.

Dewey para o carro na beira da pedreira.

A parte mais funda da pedreira tem 67 metros de profundidade. A água nunca passa de dez graus, mesmo no auge do verão. A pedreira já foi a maior mina de calcário da região, o que é difícil de acreditar. É difícil imaginar qualquer coisa debaixo d'água. É escuro demais.

A pedreira é delimitada por uma cerca que está sempre aberta. Tem uma placa de INTERDITADO com metade das letras faltando. Do outro lado, tem um penhasco do qual os maconheiros apostam pular. Deste lado, tem o celeiro do Old Eell, onde eu e Janie costumávamos esconder vodca barata. Do lado do celeiro tem uma pilha enorme de pedras que sobraram da mineração.

A razão pela qual não dava pra ver da casa de Janie é que não está aqui.

— Micah — diz Dewey quando estacionamos. — Olha, não surta...

Eu já estou fora do carro.

A Metáfora era enorme e feia e agora sumiu.

Dewey me segue.

Ele está com as mãos no bolso quando viro para olhar para ele.

— Cadê? — pergunto.

Ele chuta o chão. Tecnicamente as pedras ainda estão por todos os lados, mas a montanha sumiu. A paisagem está toda diferente. Está quase bonita agora.

— O que aconteceu? A Janie sabe?

Dewey não olha para mim.

— É claro que ela soube. Ela deu um ataque. Mas não fez diferença.

— Por que você não me contou? Por que não foi a primeira coisa que você me contou?

Eu olho ao meu redor. Não devia me surpreender, tudo desaparecendo. Mas me surpreende, meu sangue sobe à cabeça e eu estou perdido.

Ando na direção do círculo de pedras, mais escuro do que o resto da margem, onde eu e Janie passamos todas as tardes de quinta desde o quarto ano.

Gravidade é irrelevante.

Bato com a cabeça no chão. Tudo que sinto é dor, e é quando Janie aparece. Porque ela sabe que não entendo o que é viver sem ela.

Os dedos dela estão no meu cabelo, a sua boca na minha orelha.

– Claro que eu sei.

Não abro os olhos.

– Claro que eu sei.

Mas se eu abrisse os olhos, ela estaria aqui. O cabelo vermelho como fogo cobrindo meus olhos quando ela se aproxima.

– Janie – digo. – Janie.

Ela cheira a canela e vodca. Limão e sono.

Alguém está me puxando, me fazendo ficar de pé. Dewey está xingando sem parar, então não pode ser Janie. Mas eu não abro os olhos.

É loucura. Eu estou ficando louco.

– Você não está *ficando* louco – sussurra ela. – Você sempre foi.

Era uma vez

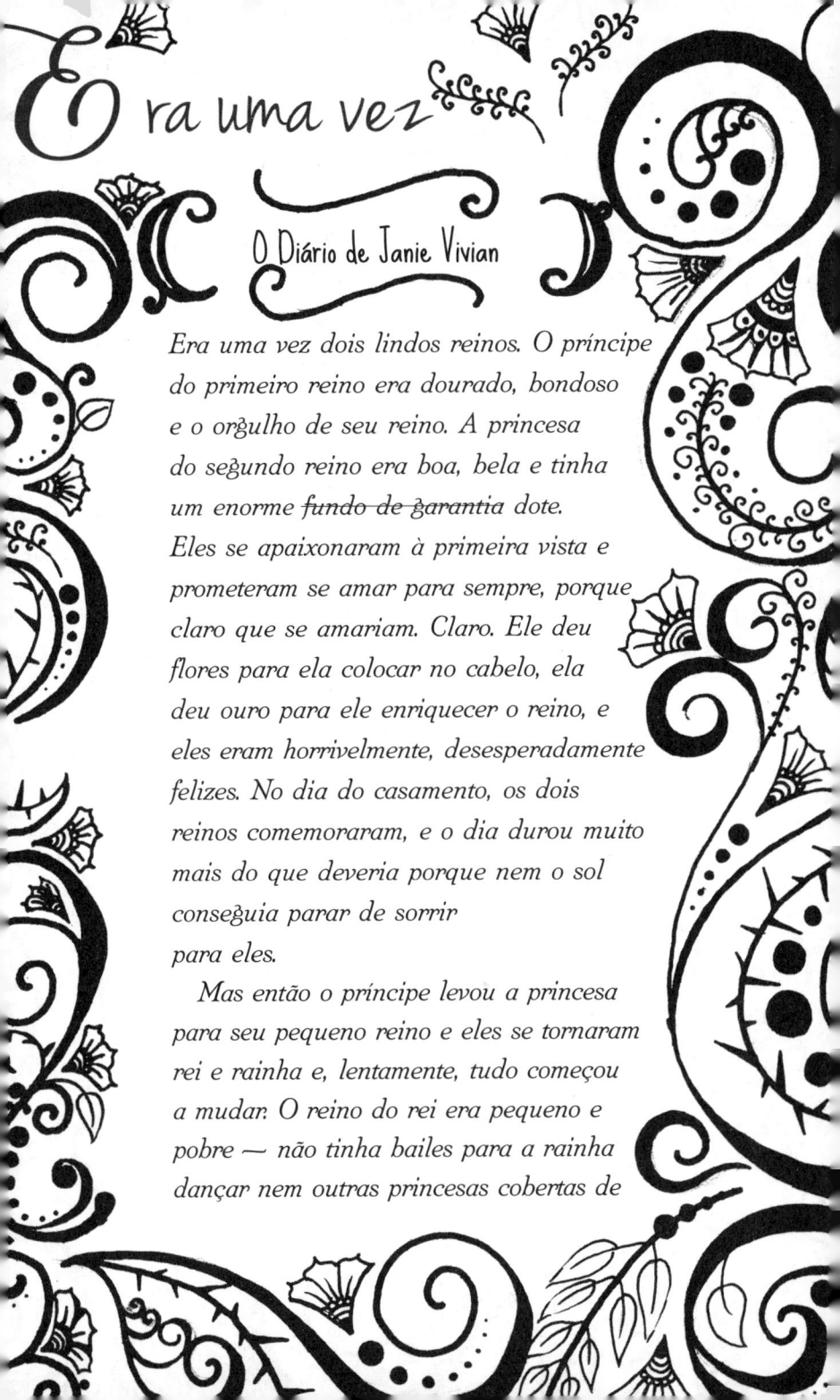

O Diário de Janie Vivian

Era uma vez dois lindos reinos. O príncipe do primeiro reino era dourado, bondoso e o orgulho de seu reino. A princesa do segundo reino era boa, bela e tinha um enorme ~~fundo de garantia~~ dote. Eles se apaixonaram à primeira vista e prometeram se amar para sempre, porque claro que se amariam. Claro. Ele deu flores para ela colocar no cabelo, ela deu ouro para ele enriquecer o reino, e eles eram horrivelmente, desesperadamente felizes. No dia do casamento, os dois reinos comemoraram, e o dia durou muito mais do que deveria porque nem o sol conseguia parar de sorrir para eles.

    Mas então o príncipe levou a princesa para seu pequeno reino e eles se tornaram rei e rainha e, lentamente, tudo começou a mudar. O reino do rei era pequeno e pobre — não tinha bailes para a rainha dançar nem outras princesas cobertas de pérolas com quem conversar, e ela se sentia sozinha. Ela passava dias e noites sozinha no castelo enquanto o rei pegava o dinheiro dela e ia embora sem dizer para onde. O rei e a rainha brigavam e choravam, e as noites ficaram cada vez mais longas, porque nem o sol aguentava olhar para eles.

Quando eles não aguentavam mais, foram até as fadas e imploraram pela felicidade. O rei e a rainha achavam que as fadas eram boas, mas na verdade elas só eram burras, e disseram para o rei e a rainha que se eles tivessem um bebê, tudo ficaria bem.

Uma fada discordou. Uma fada avisou ao rei e à rainha que a criança seria amaldiçoada, mas ninguém deu ouvidos a ela.

Pouco depois, nasceu a princesa. As fadas burras vieram e cercaram seu berço, o reino comemorou, o sol reapareceu, e o rei e a rainha ficaram juntos, com sorrisos estampados no rosto.

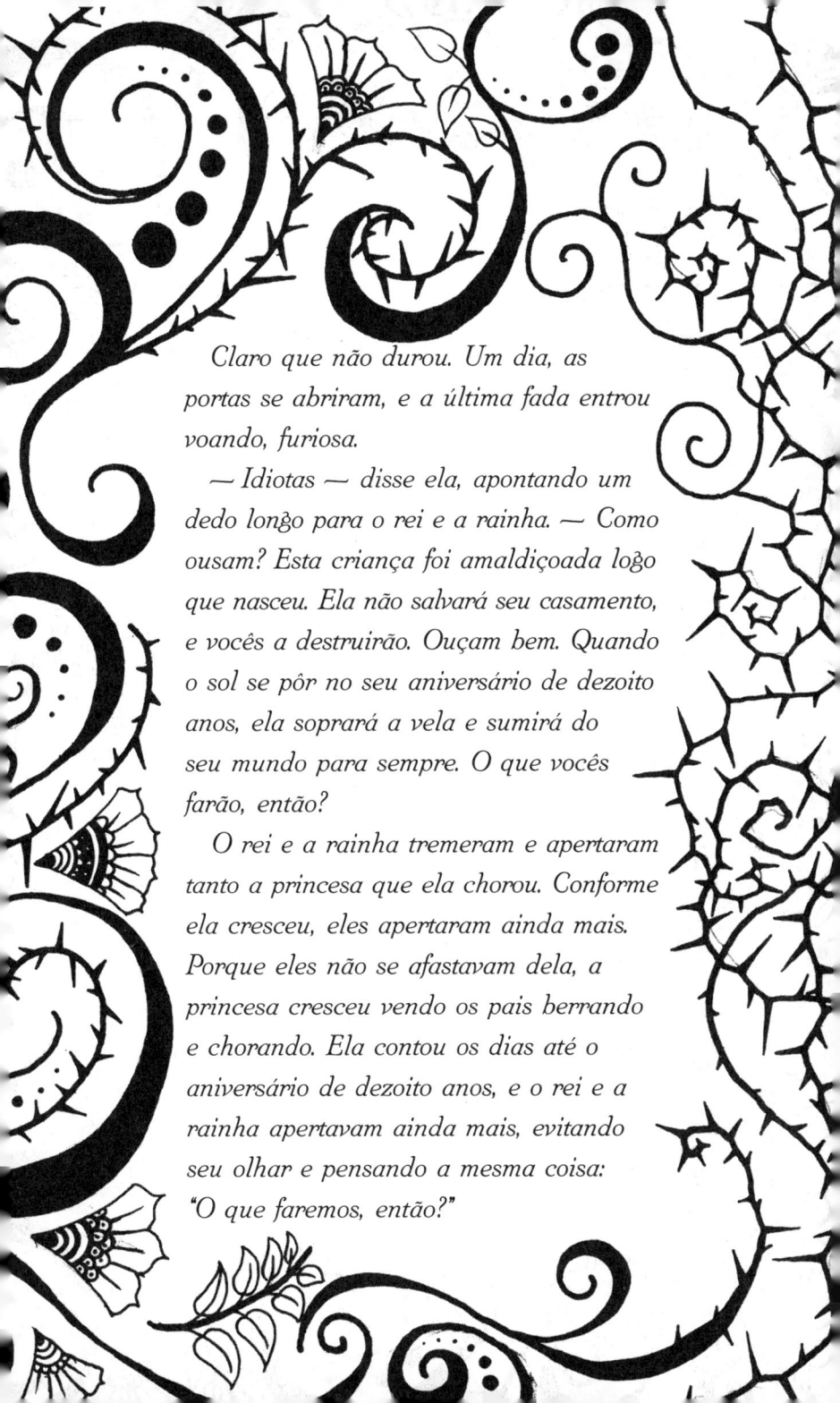

Claro que não durou. Um dia, as portas se abriram, e a última fada entrou voando, furiosa.

— Idiotas — disse ela, apontando um dedo longo para o rei e a rainha. — Como ousam? Esta criança foi amaldiçoada logo que nasceu. Ela não salvará seu casamento, e vocês a destruirão. Ouçam bem. Quando o sol se pôr no seu aniversário de dezoito anos, ela soprará a vela e sumirá do seu mundo para sempre. O que vocês farão, então?

O rei e a rainha tremeram e apertaram tanto a princesa que ela chorou. Conforme ela cresceu, eles apertaram ainda mais. Porque eles não se afastavam dela, a princesa cresceu vendo os pais berrando e chorando. Ela contou os dias até o aniversário de dezoito anos, e o rei e a rainha apertavam ainda mais, evitando seu olhar e pensando a mesma coisa: "O que faremos, então?"

antes

18 DE SETEMBRO

— Vem pra minha casa hoje? — pergunta Piper enquanto a escola toda foge para o estacionamento. — Eu tenho aula com o Chobani, e se não aprender um capítulo todo do livro de cálculo hoje, vou ficar de recuperação.

— Não posso — digo. — É quinta! Quinta!

Guardei todas as minhas exclamações do dia para este momento. (Jeff Martin um dia disse que eu ficava empolgada demais e tentou controlar meu uso de exclamações. Finalmente eu mandei ele se foder, mas, bom... sabe como é. Hábitos ruins não morrem tão rápido.)

Foi um dia inacreditavelmente longo. Ander fingiu estar doente pra matar o teste de psicologia e estragou totalmente a Etapa Quatorze da Fase Seis: estudar juntos. Depois eu fui para o estúdio de arte, descobri que *três* dos meus potes tinham explodido no forno de cerâmica e tive que mentir para o Sr. Dempsey, quando ele perguntou se eu tinha esperado os potes secarem antes de colocá-los no forno. Depois eu provavelmente zerei o teste de vocabulário na aula de espanhol e, por fim, não tinha pudim na cantina, mesmo que sempre tenha pudim na cantina no almoço de quinta.

Mas quinta é Dia da Metáfora, Dia de Janie e Micah, e esse é o único motivo para eu ter ficado na escola em vez de fingir estar com cólica para ser liberada. Piper acena para mim, eu sopro um beijo de volta e a gente vai embora, cada uma em uma direção. Eu amo Piper Blythe e tudo da nossa amizade sem compromisso, sem responsabilidades, conveniente pra cacete. Nenhuma de nós se irrita com mensagens sem resposta ou planos cancelados, porque nós duas entendemos a situação maior. A gente está na escola, e ninguém quer se lembrar da escola. Daqui a uns meses, vamos descer do palco na colação de grau, passar o verão juntas, trocar mensagens nas primeiras semanas da faculdade e finalmente vamos nos afastar. E tudo bem. O mundo é muito maior do que nós duas.

Eu jogo minha mochila no banco de trás do carro quando o sol sai de trás das nuvens – no mesmo instante, literalmente, e eu jogo a cabeça para trás, estendo os braços e rio. Tem gente olhando e eu também gosto, porque eu sou Janie Vivian e eu estou *viva*.

Abro os olhos e vejo Micah, imediatamente, duas fileiras para o lado e um pouco mais para baixo no estacionamento. Ele sorri e cora quando eu o vejo e tenta se afastar, mas eu puxo forte nossa alma e o olhar dele se volta para mim.

– Quem chegar por último é mulher do padre – digo baixinho, e ele já está no carro pronto pra apostar corrida porque, claro, telepatia de gêmeos.

— Trapaça! — grito, entrando no carro.

Tem gente olhando, mas quem liga? Quem liga se eu gritar? Somos jovens, livres e despreocupados. Somos imprudentes, risonhos e *nós*.

(Não que todo mundo saiba disso. Só acham que eu sou doida e que uso exclamações demais, e estão totalmente certos.)

Ele sai do estacionamento antes de mim, mas eu ainda estou na vantagem porque meu carro provavelmente não vai cair aos pedaços se eu passar dos oitenta por hora. O carro de Micah prova que milagres existem toda vez que funciona. Além disso, ele vai diminuir a marcha na faixa porque não quer atropelar crianças. Não que eu *queira*, claro, mas a seleção natural ia acabar com quem anda devagar de qualquer jeito.

(Brincadeira! Quase.)

Mas ele para mesmo na faixa e eu piso no acelerador e, claro, o guarda não grita com ele, mas ele não está mais ganhando a corrida. Eu abaixo a janela e dou tchauzinho para ele enquanto corro pela cidade, passando pelas avós que me julgam (opa, inclusive pela minha, eu acho? Passo rápido demais pra ter certeza), pelo time de corrida e pelo Clube de Caminhada das Mães. Meus pneus botam fogo no asfalto, meu riso faz cócegas no sol e, dois minutos e trinta e sete segundos depois, estou freando com força e cantando pneu para não enfiar o carro direto na Metáfora.

Pulo do carro e dou uma voltinha, pronta para comemorar com uma dança na frente da cara de fracasso de Micah, mas... cadê o Micah? Ai. Eu sabia que o carro dele ia enguiçar. Qual é a graça de uma vitória gloriosa se não tem ninguém assistindo?

Então me sento e me apoio na Metáfora para esperar com todas as anotações que não fiz na aula de cálculo. Enfio mais umas pedras no bolso, me encosto e, aos poucos, a Metáfora começa a me absorver. Olho para cima e sorrio.

— Eu também te amo — digo.

E amo mesmo, perdidamente, loucamente. Encontramos a Metáfora quando tínhamos dez anos. Era o começo do verão e a gente não devia sair da vizinhança — e a gente *tecnicamente* não saiu, se você pensar bem. As placas nas fronteiras da cidade dizem BEM-VINDO, VIZINHO em uma fonte que parece um pouco demais com Comic Sans, mas se todo mundo é um vizinho, isso quer dizer que Waldo é uma única vizinhança.

Micah estava hesitante — *ai*, o Micah de dez anos era tão fofo. Ele tinha um topete e sardas, era tímido e esquisito, tinha acabado de começar a usar óculos e era meu dever como cidadã do mundo mostrar para Micah como ele era grande. (Ainda é. O mundo é enorme. Eu vou vê-lo inteirinho.) Andamos de bicicleta até o quintal do assustador e velho Sr. Capaldi e por mais umas ruas, viramos uma e outra esquina e, como mágica, chegamos à pedreira.

Todo mundo avisa que a pedreira é perigosa. Então algumas (dúzias de) pessoas morreram e desapareceram aqui, quem liga? É tão linda. Às vezes fica tão quieto que dá para sentir a Terra girando.

Não foi o que eu vi, ou senti, pela primeira vez. A primeira coisa que vi foi a Metáfora, que ainda não era a Metáfora. (Será em um minuto. Paciência, pequeno gafanhoto.)

É grande o suficiente para bloquear a vista da pedreira, que é gigantesca. Vamos ignorar que qualquer coisa teria bloqueado a vista da pedreira quando eu ainda estava longe de um metro e meio. É mesmo muito grande. Tem pelo menos (ou quase) a altura de uns dois andares nos melhores dias, provavelmente. É feita dos restos de pedra de quando a pedreira ainda tinha granito, então as pedras vão do tamanho de moedas ao tamanho de cachorros, e naquele dia, quando tínhamos dez anos e o sol estava por todos os lados e tudo que importava era aquele momento, estacionamos as bicicletas por ali e olhamos para cima, muito para cima.

— Janie? O que...

Eu já estava escalando, ou pelo menos tentando. As pedras pareciam estáveis de longe, mas começaram a desmoronar assim que comecei a escalar e eu acabei no chão em poucos segundos, provavelmente, e valeu a pena.

— Meu Deus — disse, minha voz baixa e impressionada porque tinha algo de sagrado naquela pilha de pedras, mas também porque eu ainda estava sem ar por causa da queda. — É que nem uma metáfora pra nossa vida, Micah. Espera! Que perfeito! A Metáfora para Nossa Vida. É o nome que daremos pra ela!

— Quê?

A gente tinha acabado de aprender sobre metáforas na escola, mas Micah claramente não estava prestando atenção. Eu estava obcecada. Escrevi uma página inteira de caderno sobre elas e não ouvi o que o professor falou sobre para que elas serviam, porque algumas coisas só deviam ser lindas e inúteis.

Listei:

— Primeira metáfora: não dá para escalar. Inevitavelmente, você acaba no chão sem ar. Segunda metáfora: está vendo?

Peguei uma pedra e estendi para ele, mas quando ele tentou pegar, afastei minha mão. Não queria me livrar da pedra. Guardei no meu bolso. (Mais tarde, escrevi uma frase de Virginia Woolf nela: "Nada a temer." Caso você tenha duvidado de que esse era o começo de tudo.)

— Está vendo como as pedras são lisas? Lisas e iguais, que nem ideias que as pessoas chutam por todo canto até serem todas lisas e iguais. Terceira metáfora...

— Não são todas iguais — argumentou Micah, se abaixando para olhar a base da Metáfora de perto. — Você só não está prestando atenção. Elas nem são do mesmo tamanho.

— Você está estragando o momento — disse.

Discutimos como sempre e nunca chegamos à terceira metáfora. Mas o que importa é que essa foi a primeira vez que eu escalei e caí da Metáfora, a primeira vez que botei uma pedra no bolso, a primeira vez que fomos verdadeira e completamente livres e vivos e nós. Foi o dia em que nascemos.

Jogo meu material de matemática para o lado, fico de pé e começo a escalar de novo. Eu ia esperar o Micah chegar, mas não aguento mais esperar. Escalar é sempre a primeira e a última coisa que faço quando venho pra cá. Um dia desses, eu vou chegar ao topo. Eu vou. Mas hoje eu só subo um pouco mais de um metro quando finalmente ouço Micah estacionar. A porta dele bate e eu pulo pro chão antes da Metáfora me derrubar.

— Que atrasado — reclamo quando ele se aproxima.

Ele está segurando um papel amassado. Faço uma careta.

— O que é isso?

— Isso? Isso é uma bosta de uma multa por excesso de velocidade — responde ele, irritado. — Você voou na minha frente, quase matou uma criança, chamou a atenção de todas as avós de Waldo e agora eu tenho que pagar essa merda de multa de duzentos paus por *excesso de velocidade*.

Dou de ombros.

— Não seria um problema se você dirigisse mais rápido.

Ele joga os braços para o alto.

— Isso nem faz sentido! Janie, é sério, eu não faço ideia de como vou pagar por isso, e meu pai vai me matar...

— Ah, para de frescura, Micah — digo, afastando a multa com a mão. — Você ainda tem dinheiro da Pizza Rancheroo.

— Que merda, Janie, isso acontece toda vez! Você não sofre consequência por porra nenhuma e eu tenho que...

— Shhhhhhh — digo, olhando para cima. — Micah. Ei, Micah. Olha só.

Ele olha para cima sem pensar e aperta os olhos.

— Quê? — diz, ainda soando irritado. — O que você quer que eu olhe?

— Nada. Só o céu. Não é lindo?

Ele abre a boca para reclamar de novo, mas, em vez disso, respira fundo.

— Tanto faz. A gente pode começar a estudar logo? As aulas só recomeçaram há três semanas e eu já estou prestes a repetir de ano. Você tá entendendo a matéria? Porque eu não estou.

É claro que não estou entendendo. Nenhum de nós leva jeito pra matemática. Eu não consigo ver o mundo em números ou moléculas. Só não dá. Quando olho ao meu redor, vejo cores cheiros movimentos começos. Vejo céu e vento e esperança como pássaros e arte como fogo e cada pedido desesperado que já foi feito.

— Ah, deixa matemática pra lá — digo, enfiando a mão na mochila para pegar meu livro de contos de fada e tesouras. — Toma, me ajuda a fazer penas.

Ele está folheando as anotações da aula, fazendo caretas. O sol faz as páginas brilharem demais, o vento que sopra sobre a Metáfora bagunça seu cabelo e a irritação se espalha pela cara dele que nem mofo.

— Micah, olha — digo, sacudindo uma mão em frente à cara dele. — Eu estou fazendo asas, lembra? Eu te contei.

— É — diz ele, sem nem olhar.

Suspiro, dramática.

— Tá bom. Faço sozinha. Ei, você vai ver a competição de luta livre semana que vem? Vai ter um ônibus fretado.

A gente tem um dos melhores times de luta livre do país. Talvez por eles serem bons, mas provavelmente por sermos uma das únicas escolas que faz competições de luta livre no outono e não no inverno. Ander tentou me explicar por que era diferente, mas eu não estava prestando atenção porque estava ocupada pensando nele vestindo um uniforme colado.

— De jeito nenhum.

— Por quê? Eu quero que você vá. Vai ser legal. Eu nunca vi luta livre.

Eu não ligo pra luta livre. Estou indo torcer porque meu plano *nada* esquisito de dez etapas e seis meses exige abraços no ônibus voltando da competição, de preferência para comemorar, mas abraços de consolação também servem. Ander está surtando. É adorável. Faz um tempo que a gente não se vê porque ele tem uma bolsa de estudos dependendo do ranking estadual, que depende dessa competição. Eu acho. Não sei. Só sei que é importante para ele e que vou vê-lo de uniforme colado.

Ander Cameron de uniforme colado. Suspiro, me espreguiço e meu pé espalha as anotações de Micah por todo lado.

— *Merda*. Céus, Janie — reclama. — Eu tinha acabado de organizar.

Ele está totalmente sério. Ele não sorri nem um pouquinho e, quando eu reparo, palavras piscam em neon no meu cérebro: *como a gente veio parar aqui?*

Micah salvou minha vida uma vez. A gente estava no segundo ano do fundamental quando meu apêndice explodiu e o hospital quase não tinha sangue do meu tipo. (Meu pai ameaçou processar, mas minha mãe não queria e o dinheiro era dela, e eles brigaram porque ele era fresco e ela não ligava e blá-blá-blá.) Mas Micah e eu temos o mesmo tipo sanguíneo, claro, e o médico sabia porque só tem um hospital em Waldo, então os médicos sabem tudo. Ele pediu para Micah doar, mesmo que ele provavelmente ainda pesasse menos que um chihuahua na época. Micah pensou. (Dá para imaginar? Um pequeno Micah, com um monte de cachos na cabeça e olhos marrons-verdes-cinza ocupando a cara toda, assustado e determinado.) Ele abraçou o pai e disse que não estava realmente com raiva do que tinha acontecido com a mãe e seguiu o médico.

Porque ele achou que *ia morrer*.

Depois ele veio me visitar, toda enrolada na cama, e eu sorri, chapada de remédios, e perguntei:

— Você achou mesmo que ia morrer se doasse sangue?

Ele resmungou alguma coisa sobre um filme e hemorragia. Ele disse que o médico tinha uma voz que fazia tudo parecer um ultimato, que ele usava palavras difíceis demais, que tinha sido um erro e que, *não*, ele não faria de novo.

Mas ele faria. Eu sabia.

Acho que o que me preocupa agora é que eu não sei se ele *faria* mesmo. Às vezes no almoço eu vejo ele e Dewey brincando com a comida e não consigo lembrar como a gente veio parar aqui. A gente se conhecia profundamente. Mas agora que a gente não se fala todo dia porque eu moro do outro lado da cidade em uma casa que eu odeio pra cacete e a gente mal pode se olhar na escola, eu acho que ele está começando a notar como a gente mudou quando cresceu, em direções diferentes.

Finalmente ele pega o meu livro de contos de fadas. Depois de reorganizar as anotações, abrir o livro de matemática para ler as páginas de revisão, anotar os problemas e fingir que vai estudar, que algum de nós dois entende otimização e taxas relacionadas, que é para isso que viemos. Ele faz aquilo que não é bem um suspiro, mas que solta ar pelo nariz com uma força um pouco além da necessária, e finalmente pega o livro.

– Ok – diz. – Então, o que eu faço? Ovais?

– Aqui, eu já desenhei o padrão. Não é difícil.

Ele olha para mim e desvia o olhar de novo. Eu não olho de volta. Eu corto com um pouco mais de força do que precisava e acabo arrancando um pedaço de unha sem querer. Mordo meu lábio e Micah suspira, de verdade dessa vez, e seu suspiro faz a pena que estou cortando voar. Ele cede.

– Ah, tá bom. Me conta sobre as asas.

– Ok – digo, e ele ri porque respondo rápido demais. – Sabe a máquina de voo do Leo da Vinci?

– A que não funcionou?

– É, ela mesma – digo, rabiscando nas anotações de matemática de Micah. – Então. Eu estou usando arame e bambu para a estrutura, e essa parte... – Desenho os dedos das asas. – Essa parte vai ser só de arame. Você lembra a escultura de arame e meia de náilon que eu fiz? No nono ano? Que eu pintei com spray? Vai ser tipo isso, mas maior, cem vezes maior, com penas em vez de tinta. Acho que vou chamar de *Ícaro*.

— Por quê? As asas de Ícaro também não funcionaram. E nem é um conto de fadas.

Por que ele está querendo destruir meus sonhos?

— Elas funcionaram sim — digo, tentando me manter calma. — Elas funcionaram bem. Dédalo atravessou o mar tranquilamente. Sabe qual foi o problema de Ícaro? Ele amava o sol demais. Ele amava fogo, como eu. Ele viu a luz e a amou mais do que qualquer outra coisa. Tem coisas pelas quais vale a pena morrer.

Micah se encosta na Metáfora e levanta uma das mãos para proteger o rosto do sol.

— Ah, fala sério, Janie. Você não odiava clichês?

— Quê?

— Morrer por amor?

Ele revira os olhos e sacode a cabeça ao mesmo tempo, então parece que os olhos dele estão soltos.

— Você é tão romântica, Janie. Isso é parte do seu plano de mil etapas com o Ander? Se apaixonar, morrer por ele para provar seu amor?

— Você é um babaca, Micah.

Falo sem querer, mas não retiro o que disse.

Quero pegar a arrogância dele e enfiar pelas suas narinas.

Em vez disso, respiro fundo. Afasto as penas e a matemática e me aproximo até estar sentada de frente para ele, nossas pernas cruzadas e nossos joelhos se tocando. Ele não olha para mim, mas agora é mais difícil. Ele quer olhar; eu quero também, e nossa alma está exausta de tanto estresse.

— Você sabe o segredo da felicidade do Sr. Markus? — pergunto.

Todo ano, no último dia de aula, o Sr. Markus conta o segredo da felicidade para os alunos do terceiro ano. É só isso — ninguém sabe mais nada, porque os formados nunca contaram para ninguém, mesmo. Ninguém convenceu o Sr. Markus a contar o segredo antes da hora e o suspense está me enlouquecendo desde o nono ano.

Micah faz um som de desprezo. Ele é um cético. E ele ainda não quer me olhar, o que é irritante. Ele está me irritando de propósito.

— Eu decidi que vou descobrir antes — digo. — Não importa o quanto custe.

— Tenho certeza — diz ele. Não é um elogio.

Fico de pé. Desisto. Não quero ir embora nem que ele vá embora, mas agora a tensão na nossa alma está me deixando desconfortável. Encaro a Metáfora.

"Eu e você", penso, e começo a escalar de novo.

As pedras continuam escorregando e não tenho onde me segurar. Está tudo desmoronando enquanto escalo, então escalo mais rápido. Uso nossa alma como âncora e como corda — fricção é útil para essas coisas. A Metáfora desmorona e eu subo mais rápido. As pedras voam, mas eu continuo e...

— Janie? Que porra é... Cacete.

E isso faz tudo valer a pena. Eu não cheguei no topo (ainda), mas cheguei mais alto do que já chegamos antes. Sorrio para Micah antes de abrir os braços e gritar:

— *Bem aqui.*

— Bem aqui o quê? — pergunta Micah.

Abaixo os braços e sopro um beijo.

— Você não está sentindo? Só ouve. Está sentindo, Micah? O fim do mundo será aqui. Estou te dando uma vista perfeita para o apocalipse. O que você acha? Música, Micah. Tudo precisa de uma boa trilha sonora. Especialmente o apocalipse.

Ele pensa por um bom tempo. É uma das coisas que mais amo no Micah: ele leva essas perguntas a sério. Ele sempre acha que eu mereço uma resposta.

— Rachmaninoff, talvez? Prelúdio em Sol Menor.

— Mesmo? — digo.

Quase alcanço o céu. Estou esticando tanto meu braço que sinto a tensão em cada célula, cada átomo.

— Eu teria dito Beatles. "Let it Be".

Ele olha para mim e eu olho para o céu e sorrio porque não parece nem um pouco o fim do mundo.

depois

24 DE NOVEMBRO

Eu tenho pensado muito sobre ser um suspeito. Um pouco sobre nunca ter sido suspeito antes. Um pouco sobre talvez ser verdade.

Dewey só tem que me lembrar disso umas poucas vezes até eu começar a lembrar sozinho. Acho que minha memória está melhorando. Os policiais também ajudam. Agora eu sei que o mais gordo se chama Gibbs. O outro ainda me escapa.

Eles estão na escola no meu primeiro dia de volta. Os médicos disseram que não sabem quando minha memória vai melhorar porque não sabem por que eu continuo esquecendo coisas. Eles acham que pode ajudar se tudo voltar ao normal. Acho uma boa ideia, porque estou de saco cheio de Metatron.

Eu volto para a escola numa segunda. Está chovendo. Não me lembro bem do resto. Provavelmente tenho aula de inglês e matemática, mas tudo bem não lembrar porque eu não teria aprendido de qualquer jeito. Policiais estão aqui, tirando alguns alunos das salas por causa da investigação do incêndio. Agora é oficial. Eles só podem falar com alunos de mais de dezoito anos que aceitam conversar. Dewey diz para eles que eu não aceito, mas não é verdade. Eu quero ajudar, porque não consigo parar de pensar em ser um suspeito.

Eu principalmente me pergunto se Janie está ignorando a polícia que nem ela está me ignorando. Mando mensagem para ela todos os dias e ela nunca responde, provavelmente porque o celular dela não pega no Nepal ou qualquer coisa do tipo. Eu queria que ela falasse com a polícia para eles saberem que a gente não fez nada. Eu queria que ela voltasse pra me ajudar a lembrar. Eu queria que ela voltasse.

Perguntei a Dewey se ela pode mesmo se recusar a falar com a polícia nessa investigação, se ela pode mesmo fugir do país, mas ele me mandou calar a boca.

O Dewey me disse que o Ander também é suspeito, porque ele é o namorado da Janie e a gasolina foi comprada com o cartão de crédito dele. Wes Bennet jura que eles já tinham ido embora da festa quando o incêndio começou, e Ander diz que perdeu o cartão de crédito antes da competição de luta livre. Mas ninguém sabe se deve ou não acreditar.

Eu não me lembro da competição de luta livre, mas Dewey me diz que a gente perdeu.

O detetive menos gordo me conta que a casa queimou em menos de dez minutos.

Gibbs me conta que o incêndio começou no segundo andar, não na fogueira, como todo mundo achava.

Ele me conta que alguém virou a gasolina, tanta gasolina que não sobrou nada do quarto dela.

Ele me conta e observa minha reação, como se isso fosse me ajudar a lembrar.

Ele também diz que eu sou um bom garoto, mas acho que, se eu realmente for responsável pelo incêndio, nada disso importa.

Ele também me pergunta o quanto eu sabia sobre Ander e Janie.

— Nada – digo. – Eu sabia que ela gostava dele. Ela tinha um plano pra ficar com ele. Parece que funcionou, né?

— Ele era violento? Especialmente com a Janie? – pergunta ele.

Eu pisco.

— Não sei. Era?

Gibbs parece desconfortável.

— A gente falou com algumas amigas dela. Sabe, Carrie Lang, Katie Cross. Elas disseram...

Ele folheia um bloco e continua:

— Elas disseram que Janie estava chateada. Talvez com medo. Elas acham que Ander pode ter machucado ela.

— Ah – digo. – Não sei. Não lembro.

Gibbs suspira e fecha o bloco.

— Os pais dela também não sabem de nada, então a gente não tem o que fazer.

Ele espera minha reação. Eu não reajo. Eu só não lembro.

Finalmente, ele me manda voltar para a aula.

Eu não volto para a aula. Em vez disso, eu vou para a sala de artes. Se alguém perguntar, posso dizer que esqueci qual era minha próxima aula. Ou que esqueci o caminho.

A sala de artes é na ala das oficinas. Os estúdios são uma série de armários do lado da sala. O Dewey provavelmente está no fim do corredor, fumando na oficina de metalurgia com os outros folgados. Janie também mata aula aqui o tempo todo, mas não exatamente. Ela só pisca os olhos e joga o cabelo para o lado e os professores deixam ela ir aonde quiser.

Eu vou para a sala de artes, mas não lembro como cheguei. O estúdio dela está vazio. Eu só estive aqui uma vez, no começo do ano. Eu entrei e ocupei o espaço todo; era pequeno, capenga e escuro, não tinha janelas e ela com certeza adorava, porque eu mal passei cinco segundos aqui dentro antes dela começar a berrar que eu estava esbarrando em tudo e estragando o trabalho. Naquele dia, já estava tão cheio que parecia explodir. Eu lembro. O lixo esquisito dela quase caía das prateleiras.

Agora só tem poeira.

Eu fecho a porta. A ação movimenta o ar e eu sinto o cheiro dela. A sala ainda cheira a canela e vodca. A limões e sono. Ao xampu dela e ao chá caro demais que ela comprou de um site no qual o computador pegou vírus. Eu vivo dizendo que ela provavelmente está bebendo água suja, mas ela continua comprando mais chá.

Está tão vazio.

Eu me pergunto se ela levou tudo para o Nepal.

Eu me pergunto se ela está feliz no Nepal.

Eu me pergunto por que ela não responde minhas mensagens.

Eu me sento no chão e a poeira sobe. Eu tusso. Eu lacrimejo. Eu pisco e pisco. Eu pisco por alguns segundos ou talvez por horas, mas quando eu paro, vejo pedras no canto. Pedras da Metáfora, na minha mão mesmo que eu não me lembre de pegá-las. Eu tenho que piscar mais um pouco. É muito confuso. Eu vivo achando que finalmente me acostumei, mas esqueço de novo e volta a ser confuso.

Eu viro as pedras na minha mão e penso sobre como ela só deixava pedras em lugares aos quais achava que nunca voltaria.

Eu fico ali sentado com as pedras na mão até tocar o sinal do almoço.

O sinal toca e toca. Eu boto as pedras no bolso e vou até a cantina. Também não lembro como chego lá. Acho que não importa tanto assim. Os corredores são feios de qualquer jeito.

A cantina está cheia de gente e de barulho. Está cheia demais, porque trombo de cara com um aluno.

Janie sempre diz que meu maior defeito é que não sei como me afastar das coisas. Acho que ela está errada. Se afastar não é o mais difícil. É virar para o outro lado.

Eu devia ter virado de costas.

Eu devia ter virado e abaixado a cabeça antes de Ander Cameron ver que era eu.

— Você — diz.

Eu.

— Que merda você fez, seu babaca? — pergunta ele. — Vocês dois, vocês dois. Que merda vocês fizeram? A polícia não larga do meu saco por causa de vocês.

O que eu fiz?

O que a gente fez?

Pior: o que a gente não fez?

Por um momento, é engraçado. Rio sem querer.

Ander Cameron dá um passo à frente e o punho dele voa na minha direção. Acerta meu queixo. Minha bandeja voa e eu voo também.

Na pesquisa pro meu projeto final idiota sobre o apocalipse, a única coisa que achei realmente interessante foram as várias formas como as pessoas acham que o mundo vai acabar. Eu li páginas da Wikipédia e colecionei catástrofes. Uma cobra enorme vai engolir o mundo. Fogo e enxofre vão cair dos céus. Congelamento. Alagamento. Quatro cavaleiros e uma meretriz. Estrelas cadentes e oceanos secos.

Mas não é assim que acaba.

O que se sente quando o mundo explode, no instante em que explode, é puro nada.

A explosão não dói nem um pouco. Não dói até bater no chão.

De novo.

Minha cabeça bate no linóleo, a bandeja cai na minha cara e tem sopa no meu nariz. Acima de mim, Ander Cameron está contando para a azarada responsável pelo almoço que eu escorreguei e, talvez pela primeira vez, ninguém apoia ele. A monitora arrasta ele para longe, mas eu ainda estou no chão.

Entendo por que Janie fez o que fez. Entendo por que ela queria que gostassem dela.

Com certeza é melhor do que isso.

Tem gente ao meu redor e é difícil focar. Acho que Dewey deve estar aqui, porque tem alguém xingando sem parar por cinco minutos. Eu olho para todos os lados e vejo Piper. Ela está um pouco afastada, uma mão cobrindo a boca pálida.

Janie nunca teria feito isso. Ela nunca teria ficado parada, assistindo. Janie teria transbordado fúria. Pelos seus amigos, ela faria qualquer coisa. Qualquer coisa. Ela não chutava ou socava. Ela esfolava, devagar, com olhos brilhantes demais.

"Desculpa", digo para ela. "Sinto muito que você tenha feito amigos tão ruins."

Tem um movimento acima de mim e acho que é alguém me mandando levantar, mas não. É Janie.

— Meu Deus — diz.

Ela senta em uma das mesas e segura a borda, balançando as pernas. Ela olha para mim.

— Tantos babacas. Fui no ensino médio beber água e não achei, achei um grande babaca que no ensino médio deixei.

Ela pula da mesa e para do meu lado. Está com a cabeça virada para o lado e o cabelo cobrindo a clavícula. Espero ela estender uma mão e me ajudar a levantar, mas ela não o faz.

O que ela faz é deitar ao meu lado, para estarmos os dois no chão com a cara cheia de sopa. Os dedos dela encontram os meus e eu me afasto porque minha mão ainda está coberta de pó de argila. Ela surtaria se soubesse que eu estive no estúdio.

Ficamos ali.

Nenhum de nós ajuda o outro a levantar.

Finalmente, a monitora do almoço me levanta. Ela me manda para a enfermaria e a enfermeira me manda ligar para o meu pai para pedir que venha me buscar, ou até me levar para o hospital caso os pontos da minha cabeça tenham arrebentado. Eu finjo falar com ele e vou esperar na entrada.

Espero até ninguém estar prestando atenção e vou embora.

Parou de chover.

Atravesso o parque e caio numa rua paralela à da minha casa. Continuo andando. A pedreira fica a 1,15 km das nossas casas. Da antiga casa dela e da minha casa. Na verdade, a nova era logo no fim da rua.

Começa a chover de novo. Tudo bem. A gente sempre gostou de água. Não, é mentira. Janie amava fogo. Ela amava canetas, pedras e fogo. Mas eu gosto de água. Gosto que a água espera e, quando você a toca, se afasta e também se agarra ao seu dedo. Eu gosto quando a água sobe, como memórias ou medo. Você me disse um dia que eu era feito de água, acho. Não lembro. Não lembro de novo, mas

e

se

não

importar?

Minha cabeça dói.

Minha cabeça dói muito e o mundo está girando. Até eu chegar na pedreira, o mundo já virou de cabeça para baixo duas vezes.

Eu preciso sentar, senão vou vomitar na Metáfora, só que, ah, claro. A Metáfora não está mais lá.

Algumas coisas são mais fáceis de esquecer do que outras, tenho notado.

Sento na beira da pedreira e olho para a água. As pedras soltas que sobraram da Metáfora que se foi arranham minha bunda. A água encharca meus sapatos.

A água sobe, ou eu desço.

Ah, olha só. Uma lembrança.

O cabelo dela no meu colo. Meus pés na água, que está fria, mas não insuportável. O sol queima nossa pele. Um livro de contos de fadas está aberto na barriga dela enquanto ela mexe no celular, que não para de vibrar. O vento vira as páginas.

— Você acha que a Metáfora parece menor? — pergunta ela.

Ela está olhando para cima. Uma das mãos protege os olhos do sol.

— Talvez seja só impressão. Você acha que está afundando? — pergunta. — Ou que a água está subindo?

— Não estou vendo diferença — digo.

Estou com preguiça de olhar para confirmar. Minha mão estava no cabelo dela. Eu sempre gostei de mexer no cabelo dela, porque às vezes era difícil acreditar que ela era de verdade. O cabelo dela era macio e cheirava a limão.

— Só faltam quatro semanas e dois dias até o nosso aniversário — anuncia ela. — Você sabia? Eu estou fazendo contagem regressiva. Você acredita que está quente assim? Eu amo o sol, Micah. Eu amo o sol tanto quanto ele me ama. Você está ouvindo? Para de olhar para o meu celular.

Eu vejo as palavras "Nepal" e "voluntariado" antes dela fechar.

— Quatro semanas e dois dias, Micah — diz. — Vamos ser *adultos*. Vamos tomar chá com o mindinho levantado e fazer o que a gente quiser, porque é isso que adultos fazem. É tudo que quero de aniversário este ano. Hahaha, brincadeira.

Eu mexo no cabelo dela. Os fios se afastam e agarram meu dedo ao mesmo tempo.

— O que você quer, então?

— Eu quero uma garrafa de vinho grande o suficiente para a rolha tampar o buraco na camada de ozônio — responde. — Eu quero um poema, ou um poeta. Eu quero o mundo embrulhado com laço de fita. E você?

Você.

Eu não digo isso, mas eu penso. Eu penso com todo meu ser.

— Acho que a Metáfora está diminuindo — diz ela de novo e é tudo que eu lembro, exceto seus olhos, que só são azuis porque refletem o céu ou a água.

A água.

A água sobe, ou eu desço.

A água está fria, e a chuva está virando neve. O céu está caindo. O céu está desmoronando.

— Janie — tento dizer.

O nome dela está preso na minha garganta, me impedindo de respirar.

Minha respiração está rápida e rasa demais.

A água sobe, ou eu desço.

O Diário de Janie Vivian

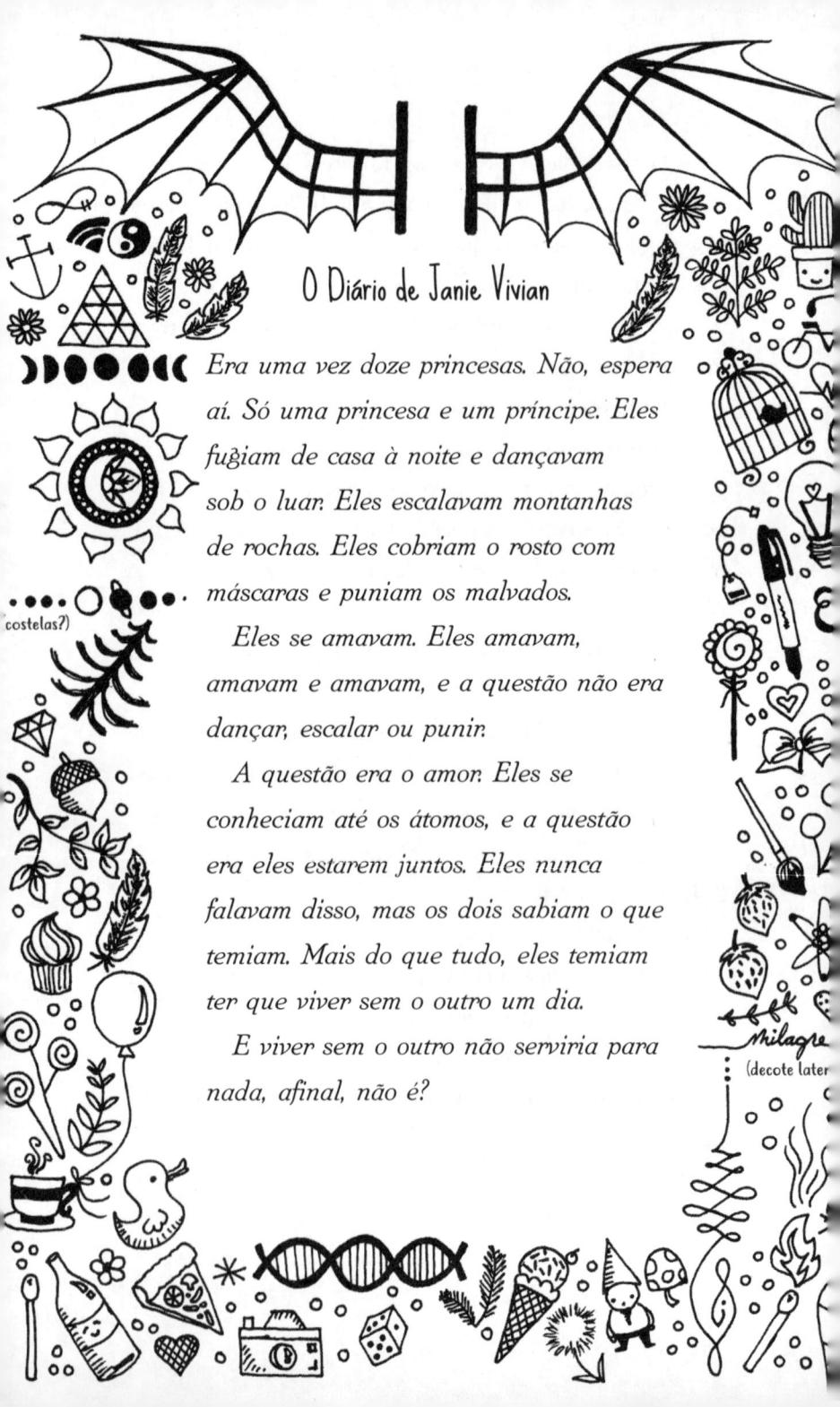

Era uma vez doze princesas. Não, espera aí. Só uma princesa e um príncipe. Eles fugiam de casa à noite e dançavam sob o luar. Eles escalavam montanhas de rochas. Eles cobriam o rosto com máscaras e puniam os malvados.

(costelas?)

Eles se amavam. Eles amavam, amavam e amavam, e a questão não era dançar, escalar ou punir.

A questão era o amor. Eles se conheciam até os átomos, e a questão era eles estarem juntos. Eles nunca falavam disso, mas os dois sabiam o que temiam. Mais do que tudo, eles temiam ter que viver sem o outro um dia.

E viver sem o outro não serviria para nada, afinal, não é?

milagre (decote later

antes

3 DE OUTUBRO

Competição de luta livre! Obrigada, universo, porque eu não tinha um plano B. Já se passaram duas semanas e estamos seguindo o cronograma direitinho. Vamos de ônibus para a competição, vamos ganhar e, na volta, vou convencer um dos lutadores a pegar o ônibus da torcida para eu poder pegar o ônibus dos lutadores. Eu e Ander vamos nos sentar juntos em um banco de ônibus rasgado que fede a crianças nojentas e vamos fazer toda a viagem de volta abraçados.

Piper e eu nos apertamos em um banco e ela pega o iPod e me passa um fone de ouvido. Outra coisa que eu gosto na Piper: ela tem ótimo gosto musical. Eu confio em quem tem ótimo gosto musical.

– E aí, Pipes! – grita alguém do fundo do ônibus. – Você sabia que o Wes tem um sutiã seu na mochila?

Muitas garotas odeiam a Piper, provavelmente porque ela larga sutiãs nas mochilas dos outros. Tinha uma história sobre ela sair com um veterano quando a gente estava no nono ano, dizem que ela traiu ele com outro garoto e que, no fim do ano, ela já tinha transado com metade da turma do terceiro, mas não era verdade. O hímen da Piper provavelmente está mais intacto do que o meu. Mas ela é muito bonita e sabe disso muito bem, então parece que muita gente não gosta dela.

Mas eu gosto.

E gostam de mim.

Os garotos começam a arremessar o sutiã dela de um lado para o outro e eu penso em reclamar, porque sutiãs são muito caros, mas a Piper continua focada em um joguinho no celular, então decido que, se ela não liga, eu não preciso me preocupar. No fundo da playlist maravilhosa da Piper, ouço os bipes do joguinho.

— Pipes — digo, uns quilômetros depois. — Como vai o Wes?

— Babaca — diz ela. — Como de costume. Mas a gente foi acampar semana passada. Transar numa barraca? Não é legal.

Tá, então talvez não tão intacto quanto o meu.

Ela suspira, tira o fone de ouvido e o enrola no dedo.

— E depois ele falou que só quer uma amizade colorida. Quem diz uma coisa dessas? "Amizade colorida"? Por que ele não diz que só quer ficar, que nem uma pessoa normal? Ele é uma besta. E agora minha mãe quer que eu comece a tomar pílula, mas o ginecologista dela é megaesquisito, sabe? E ela não quer que eu vá a nenhum outro médico.

Eu não sei, na verdade, porque meus pais não me deixariam acampar nem com o *Micah*, que dirá com o Ander.

— Não é legal? — pergunto. — Nem um pouco?

— Bom, mais legal do que hoje vai ser.

Dou uma cotovelada nela, com um pouco mais de força do que deveria.

— Para de destruir meus sonhos — digo. — Hoje vai ser fabuloso. Ander de uniforme colado se agarrando em outro cara gato? Hã, *sim*.

Ela coloca o fone de ouvido de volta.

— Espera só.

Ah.

Ok, entendi.

Luta livre é muito nojento. E... um pouco assustador? Eu só consigo ver braços embolados e cabeçadas para todos os lados, e a Piper está rindo da minha cara enquanto eu me afasto o máximo possível. O suor está *voando*. Meu corpo está praticamente enfiado entre as pernas do cara atrás de mim, mas ele não parece ligar.

Ander está por cima, por baixo, no chão, de quatro, de pé, jogado no chão de novo, se arrastando. Ander é *forte*, cheio de músculos, braços contraídos de um jeito que eu achei que ia ser excitante, mas que na verdade só me faz duvidar se eu quero mesmo voltar abraçada com ele, se é totalmente completamente cem por cento seguro. Ele é brutal, mãos cobrindo ombros suados, braços ao redor de pescoços — *ele pode mesmo fazer isso?* Será que alguém já morreu numa luta dessas? Será que tem morte na plateia?

— Meu Deus meu Deus *meudeus* — digo quando o outro cara enfia o ombro no peito de Ander e ele voa, literalmente voa, e cai no chão com tanta força que eu sinto a arquibancada tremer.

Piper parece entediada.

— Falei — diz. — Eu disse que a gente devia ir tomar um café no Starbucks, mas você não quis.

O juiz dá aquelas batidas no chão e todo mundo (não a gente) começa a aplaudir, então acho que acabou. Vejo a cara do Ander quando ele finalmente a desgruda do chão, e sei que acabou.

Ele não vai para a próxima etapa da competição. Ele vai perder a bolsa de estudos.

Ele tropeça até a arquibancada como se não soubesse usar os pés. Ele arranca o capacete e o cabelo loiro de anjo está colado no seu crânio. Estou andando sem pensar, correndo pelos degraus vacilantes e gritando o nome dele.

Ele cai nos meus braços, se agarra ao meu vestido (favorito, agora todo suado) e suas lágrimas quentes encharcam o tecido e vão direto para o meu coração. Ele fede a podridão, mas eu o abraço com força, segurando seus quadris estreitos e perfeitos, e digo que vai ficar tudo bem, tudo bem, tudo bem. Tudo bem?

— Tudo bem — responde ele. Tudo bem.

E ele me beija.

Estou me afogando em água salgada, lágrimas ardentes e suor ainda mais quente, e a plateia — que estava quieta desde que ele perdeu, gente o suficiente para três ônibus de torcida em silêncio total — explode, *ruge*.

Somos o centro do universo.

Ele interrompe o beijo e apoia a cabeça no meu ombro por um momento antes de tirar a camisa encharcada e ir para o vestiário. Estou molhada onde a pele saturada dele encostou na minha, mas não ligo. Minha mão ainda cobre minha boca, meus lábios pegando fogo, a plateia ainda está torcendo por nós e a Piper ri e joga água em mim. Eu vejo Ander andar e o imagino em carvão: osso, músculo, sal e suor. Fixo na minha memória a imagem dele indo embora, cabeça abaixada, ombros curvados e vulnerabilidade radiando como asas de anjo.

– Eu te amo, Ander Cameron – sussurro, experimentando as palavras com a língua.

Elas têm gosto de gelo. Elas derretem na minha boca e desaparecem. Frio no estômago e ar.

Achei que o gosto fosse ser de pimenta, chocolate e estalinho, que nem colocar uma bala Mentos na boca e engolir com Coca-Cola. Achei que fosse sentir bolhas, fôlego, calor e tontura.

Mas são palavras, momentos, e passam.

Tudo bem. É o que momentos fazem. E eu quero lembrar os momentos, vivos e perfeitos, porque eu posso. Eu posso editar. Eu posso cortar detalhes, como Ander me abraçando forte demais, como ele me segurando pelo pulso e não pelas mãos, como ele nunca ter pensado que eu não queria que nosso primeiro beijo fosse assim.

Além disso, beijar um Ander suado em frente a uma plateia é melhor do que os beijos tomando sorvete no parquinho que eu tinha planejado para a etapa dez, né?

Estou me convencendo a dizer que sim quando vejo Dewey na arquibancada e levo um susto ao ver Micah com ele. Ah, é, eu disse pra ele vir. Eu não achei que ele viesse de verdade. Ele está me encarando com olhos enormes e arregalados.

Ai, céus.

Ele murmura algo para Dewey e desce a arquibancada e eu fico constrangida, fazendo uma cara estranha enquanto penso no que dizer para Micah. Quê? Sim, eu sei que Micah está apaixonado por mim. Claro que eu sei. Eu vou me apaixonar por ele um dia também. É óbvio. Estamos predestinados. Mas não podemos esperar? Não posso beijar meu anjo suado e assustador enquanto isso?

Ah. Ele não estava vindo me ver. Ele está indo embora.

Olho ao redor para garantir que ninguém está prestando atenção e vou atrás dele.

— Micah — chamo.

Finalmente o alcanço, alguns corredores depois, segurando a camisa dele para fazê-lo parar. Ele não se vira.

— Não acredito que você veio mesmo — digo para as costas dele.

Ele dá de ombros.

— Dewey quis vir. Provavelmente pela mesma razão que você. Para pegar um lutador idiota.

Eu fico com raiva.

— Eu não estou *pegando* o Ander. Eu tenho um plano! Nós somos perfeitos juntos.

Ele ri. Não é uma risada bondosa.

– Não é a palavra que eu usaria.

– É? E qual é a palavra? Estranho? Ah, esquece. Estranho é você.

Passei do ponto? Passei do ponto.

– Ah, não sei. – Ele sabe. – Que tal babaca, que nem todo mundo que você já namorou? Convencido? Superficial?

Fico boquiaberta.

– Você está falando sério? Você vai mesmo falar uma merda dessas? Você quer falar de superficial, Micah? Por que você está aqui com Dewey? Você nem gosta dele. Vocês nem são minimamente decentes um com o outro. Você veio com o Dewey porque sabe que ele está apaixonado por você e você precisa disso, né? Você está tão desesperado para ser desejado que...

Minha garganta fecha. Pisco, rápido demais, mas pra quê? Micah provavelmente sentiu minhas lágrimas antes de mim.

Ele vai embora e eu o deixo ir.

depois

2 DE DEZEMBRO

Foi Dewey quem me encontrou. Ele foi me ver e jogar meu Xbox e eu não estava em casa. Acho que ele me levou para o hospital, onde disseram que eu tive um colapso nervoso, além da amnésia seletiva retrógrada. Eles me perguntam sem parar o que eu estava fazendo, mas eu não sei. Não sei, eu não sei.

Meu pai me tirou da escola e me botou na terapia. Eu precisava mesmo fazer terapia, mas disse para ele que dava conta. Que eu não precisava. A gente não tinha como pagar. A gente ainda não tem, na verdade, mas meu pai está insistindo e ele raramente insiste.

Não sei quantas vezes digo que não estava tentando me matar. Eu não sei o que estava fazendo. Não importa. Ontem fui ao banheiro e encontrei meu pai contando meus comprimidos.

Não entendo. Por que eu?

Por que essa merda toda está acontecendo comigo?

É terça, então estamos indo para a terapia de novo. A música tocando no rádio é uma merda, mas não mudo de estação. Meu pai dirige com os ombros levantados para cobrir as orelhas, mas também não muda de estação. Acho que é melhor do que ficar em silêncio. A gente não se lembra como conversar.

— Como vão as aulas a distância? — pergunta ele.

— Uma merda — digo. — Não que isso seja muito diferente das outras aulas.

No primeiro dia, Dewey matou aula comigo. Pedimos pizza e jogamos Metatron por quinze horas sem parar. Acordei com um pedaço de pizza colado no peito e um pênis desenhado na minha cara. Peguei o controle de novo e morri mais sessenta e sete vezes. Comecei a pular de pontes quando cheguei no nível dezessete. Tinha pontes demais.

Meu pai solta uma gargalhada esforçada.

— Ruim mesmo, é?

Dou de ombros e conto as árvores pelas quais passamos. Conto dez árvores, mas acho que está errado.

— Você começou do zero algumas vezes — explica meu pai.

Acho que deve ter sido isso.

Meu pai entra comigo no prédio, passa pela recepcionista e me deixa direto com a Dra. Taser, cujo nome na verdade é Taaser, o que se pronuncia "tosser". Finjo não lembrar quando ela tenta me corrigir.

— Micah! — diz ela quando entro na sala.

Ela tem cara de antisséptico e cheira a perfume demais. Meu pai fica na porta e eles conversam baixinho sobre mim enquanto eu espero no sofá.

— Ele não está bem hoje — ouço meu pai dizer. — Foi uma semana difícil.

Eles notam que estou olhando. Meu pai vai embora, e a Dra. Taser fecha a porta.

— Você quer alguma coisa, Micah? — pergunta ela, mostrando dentes brancos demais. — Água? Café?

— Não, estou bem.

— Tudo bem, então.

Ela ainda está sorrindo. Acho que nunca a vi sem um sorriso na cara.

— Então, me conta...

— Minha semana foi boa — respondo.

Conto os azulejos no teto enquanto falo. Vinte num sentido, treze no outro. Acho.

— Eu gosto das aulas online. Sim, acho que fico mais relaxado sem estar no sistema público de educação oito horas por dia. Sim, sei que meu pai quer estar mais presente, mas não pode. Sim, sei que você acha Dewey um ótimo amigo. Sim, sei onde estou. Sim, sei que vou ficar bem.

Ela hesita. O que eu disse devia tomar a hora inteira. É minha terceira sessão, mas ela é previsível pra caramba. Como você está se sentindo hoje? Como você está se sentindo agora? Como você está se sentindo, porra?

Ela pigarreia e digita no iPad.

— Que bom saber disso, Micah. Você acha que hoje a gente pode conversar um pouco sobre a Janie?

Janie? Janie está jogada no sofá, me empurrando para o lado. A cabeça dela está apoiada no meu colo, cabelo espalhado para todos os lados. Tomo cuidado para não tocar. Ela me encara com olhos quase sem cor.

— Não — digo.

— A gente pode começar de um jeito mais fácil. Uma boa lembrança. Você deve ter várias.

— Várias — repete Janie, sua mão desenhando círculos no meu joelho. — Nós dois. Eu e você, Micah. Eu e você.

Engulo em seco.

— Para — sussurro. — Para.

Eu sei que ela não está aqui. Eu sei que ela não é de verdade.

Mesmo assim, o dedo dela no meu joelho, se mexendo com leveza, é a única coisa que me mantém são.

— Uma boa lembrança, Micah — insiste a Dra. Taser.

— O hospício abandonado — sussurra Janie.

Ela se senta e cola a boca na minha orelha. O hálito dela está quente contra o meu cabelo.

— Creme de depilar no xampu do Carson Eber. Balões de camisinha no armário do Stephen Mackelry. Contar pedras na Metáfora. Vamos lá, Micah. Escolhe qualquer coisa.

Pedras na Metáfora.

Janie contando as pedras na Metáfora porque tinha certeza que estavam desaparecendo. Contando, contando. Dez, mais dez, mais dez. Fileiras de dez.

Eu me lembro do resto.

Quatro semanas e dois dias antes do nosso aniversário. Era dia dez de setembro. Fomos numa quarta naquela semana, não lembro por quê. Os pais dela ficavam mandando mensagens, pedindo pra ela voltar pra casa, e ela mal podia esperar para fazer dezoito anos e poder ignorar. Quatro semanas e dois dias.

— Acho que a Metáfora está diminuindo — disse ela.

O cabelo dela roçou meu pulso.

— Eu tenho certeza, Micah. A gente precisa contar as pedras. E contar de novo semana que vem. Se semana que vem tiver menos, a gente vai saber.

Ela andou até a Metáfora e sentou no chão. Olhou para cima e parecia estar rezando até começar a contar.

— Um — disse, colocando uma pedra de lado. — O número de bolas do Hitler.

— Bola — corrijo. — E não sei se é mesmo verdade.

— Não importa se é verdade — disse ela. — Todo mundo acredita. É só o que importa. Dois. A quantidade de vezes que você me deixou te dar uma carona. Não acredito que você vai voltar andando. Deixa eu te dar uma carona.

— É, não — respondi. — Não vou entrar no seu carro.

— Por quê? Eu tenho bala.

— Porque eu não quero morrer. Janie, você estava dirigindo devagar e mesmo assim quase matou uma criança atropelada hoje. Não vou entrar no seu carro.

— Tá — disse ela. — Você que sabe. Vai me ajudar a contar agora?

Eu só queria ficar sentado ali, mas ela jogou uma pedrinha na minha testa e gritou:

— Conta!

Então eu esfreguei minha testa, me aproximei e peguei uma pedra.

— Três — disse. — É. Ah. Três. A quantidade de... desejos em uma lâmpada?

— Meu Deus, Micah, você é tão bobo — disse ela.

— É, eu sei — respondi.

Ela pegou uma pedra, mas parou quando eu falei. Ela virou a cabeça para a esquerda, só um pouquinho, me olhou por um longo momento e mordeu o lábio antes de dizer:

— Você não é, na verdade.

— Meu Deus, Janie, eu só estava brincando...

— Você não é bobo. Você... Você é, tipo, um ser humano decente, sabe?

— Uau. Que elogio.

— Não, eu quero dizer... — disse ela, soltando um suspiro. — Tipo, quase ninguém é, sabe? Não de verdade. As pessoas só fingem quando estão na escola ou em público, mas não são mesmo boas pessoas. Elas só querem que os outros acreditem que são. Mas você... Você é. Você é bom de verdade.

Cocei a cabeça para ela não ver que eu estava corando.

— Ok. Você não vai contar as pedras?

E o momento passou. Mas eu não parei de pensar nele.

Ela jogou mais uma pedra.

— Seis. A quantidade de pedaços de pizza que eu comi da primeira vez que comemos aqui — disse ela.

— Você pulou quatro e cinco.

— Eu joguei duas em você.

Ela jogou mais uma, que quicou no aro dos meus óculos.

— Pronto. Agora você tem que começar no oito.

— Ok. Oito. A quantidade de pedaços que eu comi antes de vomitar.

— Ai, não, não fala disso. Não não não.

— Nove – disse. – A quantidade de gaivotas que apareceram para comer meu vômito.

— Micah, para. Assim *eu* vou vomitar.

Ela parou de pedir minha ajuda depois disso. Ela organizou as pedras em fileiras de dez, quadrados de cem. Ela chegou a seiscentos antes de desistir. Deitamos e ela pegou no sono, e o cabelo dela cheirava a limão e o sol queimou nossa pele e eu pensei no que ela disse. Que eu era uma boa pessoa. Que ela não era.

— Micah? Micah, respira fundo, ok? Está tudo bem.

Dedos no meu joelho, desenhando círculos. Mãos nas minhas costas, dando tapinhas. Aqui, agora. Respiro fundo e pisco. A Dra. Taser, de pé na minha frente, não está sorrindo.

— Desculpa – digo. – Desculpa. Estou bem. Eu sei onde estou. Estou no seu consultório e estou bem.

Janie desenha letras no meu joelho.

Mentiroso

O Diário de Janie Vivian

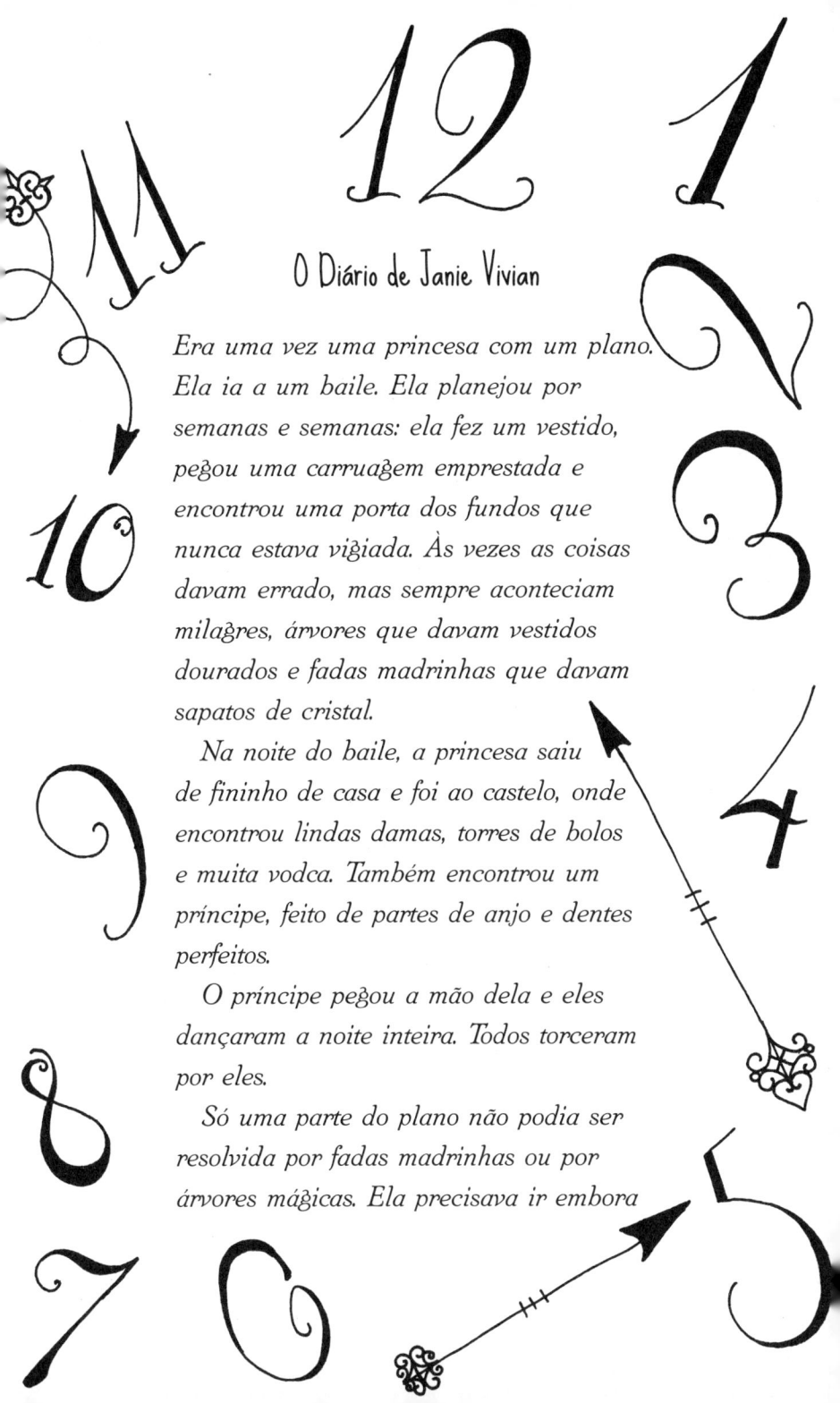

Era uma vez uma princesa com um plano. Ela ia a um baile. Ela planejou por semanas e semanas: ela fez um vestido, pegou uma carruagem emprestada e encontrou uma porta dos fundos que nunca estava vigiada. Às vezes as coisas davam errado, mas sempre aconteciam milagres, árvores que davam vestidos dourados e fadas madrinhas que davam sapatos de cristal.

Na noite do baile, a princesa saiu de fininho de casa e foi ao castelo, onde encontrou lindas damas, torres de bolos e muita vodca. Também encontrou um príncipe, feito de partes de anjo e dentes perfeitos.

O príncipe pegou a mão dela e eles dançaram a noite inteira. Todos torceram por eles.

Só uma parte do plano não podia ser resolvida por fadas madrinhas ou por árvores mágicas. Ela precisava ir embora antes da meia-noite, ou tudo daria errado. Ela passou a noite de olho no relógio, contando os minutos, mas quando soaram doze badaladas, o príncipe a girou em uma pirueta e a beijou com força.

Ela deixou. Ela ignorou o cronograma que tinha em mente porque ele era um príncipe feito de partes de anjo e nada podia dar errado perto dele.

Certo?

antes

8 DE OUTUBRO

Ander e eu somos um redemoinho. De purpurina, cachorrinhos e tudo que há de bom e de certo no mundo. Somos perfeitos e lindos e eu já gastei dois tubos de hidratante labial. Cada dia em que a gente namora é o melhor dia da minha vida.

Hoje também começou bem. No café da manhã, meus pais me contaram que o papai foi chamado para uma reunião de emergência em Utah e que a mamãe vai com ele porque o terapeuta de casal disse que passar um tempo sem Janie é um pilar fundamental do casamento. Eles vão viajar de novo daqui a algumas semanas porque é muito, muito fundamental. *Nojo.* Eles sentem muito, verdadeiramente, enormemente, profundamente, infinitamente por me deixar sozinha no meu aniversário de dezoito anos, mas eles vão me trazer presentes incríveis, muitos presentes, então eu disse para eles que ia ficar tudo bem. Eu vim para a escola e a Piper me trouxe café, e eu convidei ela e o Ander e um monte dos amigos dele para me ajudar a comemorar minha chegada à vida adulta.

Ander me beijou quando eu o convidei, ou talvez eu o tenha beijado. Quem liga? Literalmente todo mundo liga, porque todo mundo estava assistindo, porque nós dois somos tão perfeitos.

É como se agora eu pudesse realmente conhecê-lo, realmente *vê-lo*. Eu olho para ele e vejo o nono ano, quando ele cresceu meio metro durante as férias e ainda parecia tonto com isso. Eu olho para ele e vejo a foto de turma do segundo ano do fundamental, na qual ele sorri com dentes tortos, os olhos da cor de mel e o cabelo em um corte que ele mesmo tinha feito na noite anterior.

E eu me vejo também, Eu do Nono Ano, com uma mochila nova, agarrada ao horário de aulas com dedos suados, procurando as salas de aula pelos cantos e... *Ah-meudeusdocéu, lá vem o Ander Cameron.* Eu nem era amiga da Piper na época, era? Não, então eu escondi a cara no ombro de outra pessoa. Quem era? Não importa. Eu costumava olhar para o Ander e me imaginar acordando com ele. Espreguiçando, bocejando, vendo que ele estava do meu lado e sorrindo. Eu queria falar com ele, ser amiga dele e tentar viver de outro jeito com ele – daquele jeito que envolve a boca.

Às vezes, naquela época, eu o via e ele me via, e ele corava e eu corava e nossas bochechas vermelhas combinando eram... Eram o que a Disney me contou sobre amor à primeira vista.

E, claro, ele ficou mais babaca.

E, claro, eu fiquei...

Eu nem sei. Eu fiquei *eu*, mais ou menos.

E agora que a gente está Oficialmente Namorando, é tudo que eu esperava. É tão fácil. Zero comprometimento, cem por cento divertido. Ele voltou a usar os suéteres da Ralph Lauren – sabe quais são, aqueles de lã grossa feitos para namorados –, mesmo que ainda não esteja frio, e toda vez que o vejo mergulho o rosto no peito dele e agradeço a Deus pelo outono.

O melhor de tudo é que ele finge comigo. Ele finge que estamos perdidamente apaixonados, finge que o ar é nosso amor e que estamos nadando nele, e é tão *fácil*. A gente se beija tanto.

Beijar ele é. Tão. Divertido.

É isso. É amor verdadeiro.

Até o momento passar.

Eu tenho um *agora*. Eu mereço um agora, não? Sim, mereço.

E o que está acontecendo agora é: laboratório de biologia, que não estraga o melhor dia da minha vida porque envolve fogo. Eu não leio o material com atenção suficiente para entender o porquê, então Piper está sendo uma amiga maravilhosa e fazendo o experimento sozinha enquanto eu sento na bancada, balanço as pernas, acendo fósforos e os apago na direção de Ander como se estivesse mandando beijos. Ele está do outro lado da sala, rindo e piscando seus olhos de anjo.

(Micah está nessa turma também, mas a gente se comporta e não se olha.)

Eu nem noto o fogo até Piper gritar que nossa ficha está queimando.

Alguém soa o alarme de incêndio antes do Sr. Kaplick ter tempo de dizer para todo mundo se acalmar, então a gente corre para fora da sala, atravessa o corredor e sai da escola, pegando o sol que torna o dia um pouco menos frio, e eu não paro de rir enquanto o resto dos alunos sai correndo. Estou prestes a deitar no chão e fazer anjos de grama quando alguém pega minha mão.

Ander me gira, pedindo silêncio com um gesto. Eu afasto seus dedos e o beijo, com força, e ele me puxa com ele e corremos até o estacionamento.

Vamos para a lanchonete no fim da rua, sentamos nos bancos gordurosos e conversamos sobre nada por horas. Ele brinca com o meu cabelo e eu peço cada milk-shake do cardápio para provar todos os sabores. O preferido dele é Sonho de Tangerina e o meu é Nutella Cinderela.

Depois ele me leva para casa e eu peço para ele estacionar na bifurcação entre a minha casa nova, que eu odeio, e a pedreira.

Ele ouve, porque é o que namorados fazem. Ele desliga o carro, sorri um sorriso torto, chega mais perto e a gente começa a se beijar. Eu derreto como namoradas derretem, agarrando seu pescoço e o beijando de volta. Nos amamos com o tipo de amor que começa e acaba na boca.

Do lado de fora, a luz dos postes luta contra a chuva. A Metáfora está logo ali, no fim da rua, e eu penso nela enquanto ele me beija, a cena perfeita: nós dois dançando sob a luz tímida dos postes, girando e girando até chegar na beira da água, de mãos dadas, escalando minha montanha de pedras e caindo de bunda no chão. Está vendo? Eu estou.

Talvez a gente até consiga chegar ao topo.

Eu sempre soube que chegaria ao topo um dia. Eu pintei o momento de triunfo em aquarela, tinta a óleo, tinta acrílica; eu o esculpi em argila, pedra e gesso, o moldei em cobre e ferro; eu o sonhei em cor e em sépia, em cores saturadas e em preto e branco. E o Ander nunca esteve lá comigo.

Sempre foi o Micah. Sempre, tudo, qualquer coisa.

Nos beijamos por um tempo, até Ander começar a ser mais insistente e eu me afastar. Ele nunca para de sorrir para mim, nem quando ele sobe a colina para me deixar na minha casa nova, onde todas as luzes estão acesas porque meus pais provavelmente estão me esperando voltar para casa há horas. Minha boca está inchada, e eu uso o fim do meu terceiro tubo de hidratante labial. Ele me beija de novo antes de eu sair do carro e me empresta um casaco para eu correr até a porta sem me molhar.

Quando chego na porta, me viro para mandar um beijo de despedida, mas ele já foi embora.

depois

5 DE DEZEMBRO

Dewey está na minha casa de novo.

Por que o Dewey está sempre na minha casa?

— Cara — diz ele. — Você tem que levantar da cama. Você está fedendo pra cacete. Você não tem levantado nem pra cagar, né? Cacete, Micah. Eu trouxe Metatron: Areias do Tempo. É com soldados zumbis na Guerra de Secessão. Vamos lá, levanta.

— Não — digo.

— É, sabe de uma coisa? Você precisa sair de casa. Você precisa de ar fresco.

— Tem ar aqui — digo.

Respiro fundo para provar. *Olha, estou respirando. Olha, estou respirando. Não sou um vegetal.*

— Vegetais também respiram — diz Dewey.

— Eu falei em voz alta?

— Sim, você falou em voz alta. Caramba, Micah.

— Ah — digo.

— Jesus — diz, olhando para o teto como se Jesus estivesse lá. — Vamos lá, Micah. Vamos fazer alguma coisa. O que você quer fazer?

— Eu quero ficar aqui deitado — digo.

— A gente pode ir pra lanchonete — diz ele, como se não tivesse me ouvido.

Não sei. Talvez ele não tenha ouvido. Talvez eu não tenha respondido em voz alta. Tento lembrar, mas já esqueci. Ele continua:

— Ou a gente pode dar uma volta de carro, atropelar umas crianças que nem a maluca da Janie fazia... QUE MERDA FOI ESSA, CARA?

Jogo uma maçã na cabeça dele, com força. Está podre e explode.

— Ah, cacete, Micah — grita Dewey. — Eles estavam certos. Cacete, *cacete*, seu *imbecil*, que bosta foi essa? Merda. Você está pirando, cara. Você é um filho da puta fodido pra cacete e... Vai se foder, Micah. Droga, *minha cara*.

Mas ele não vai embora.

— Levanta da cama, merda — diz ele, com raiva.

Ele procura uma camiseta limpa pra enxugar a cara. Finalmente encontra uma. Penso em dizer que não está limpa, mas acho que ele vai notar sozinho.

— Sabe de uma coisa? — continua. — A gente vai sair hoje à noite. Vou jogar sua bunda mole de um penhasco.

— Não quero sair da cama — digo.

Sim, em voz alta, ouço as palavras em voz alta.

— Eu quero continuar aqui e sentir pena de mim mesmo e pensar no apocalipse.

Apocalipses. Os apocalipses são seguros.

— Deixa eu te contar sobre o apocalipse – diz Dewey.

Ele anda até a cama e puxa minhas cobertas. Eu tremo e ele parece que vai vomitar.

— Jesus. *Jesus*. Sabe de uma coisa, Micah? Você não vai viver pra ver a porra do apocalipse. Você vai arrastar essa bunda mole imunda pra fora da cama e a gente vai ver esse mundo de merda ou eu vou te matar agora e você nunca mais vai ver nada novamente. Combinado?

Suspiro no travesseiro e ele está certo. Está fedendo pra cacete.

— Vai embora? Por favor?

— Vou, cara. E você vai comigo. Vamos lá.

Então eu levanto. Eu vou.

A Metáfora é território da Janie. Eu e Dewey sempre bebemos no outro lado da pedreira, onde as pessoas se afogam. É para lá que vamos agora. Tem uma plataforma onde os maconheiros fumam e babacas apostam pular. Hoje, nós somos as duas coisas. Dewey tem maconha, cigarros e uísque canadenses, e eu fico provocando ele para pular.

Ele só acende mais um cigarro. Ele cobre a chama com a mão e treme.

— Droga, Micah, senta aí. Você tá me deixando nervoso.

Eu sento. Ele me passa a garrafa de uísque. Eu bebo até querer vomitar.

— Meu Deus – digo, tossindo.

Um pouco do uísque sobe e eu cuspo na grama, que já está enregelada.

— Você não disse que uísque canadense era bom? – pergunto.

— É bom – diz ele. — Espera só a gente ter que beber o vinho ruim. Sabe do que você precisa? De um cigarro. Uma merda equilibra a outra.

Ignoro ele e tomo mais um gole. E mais outro. Dewey me observa. Eu olho para o outro lado da pedreira, onde vejo alguém correndo.

— É a Piper?

— Como é que vou saber?

— Ela está sempre chorando – digo. — Toda vez que a vejo ela está chorando.

Dewey ri.

— E você vê a Piper muito?

Não muito. Mas na escola, quando eu ainda estava indo pra escola. Às vezes ela corre perto da minha casa e ela está sempre chorando.

Mais um gole. Depois de um tempo, ele tenta pegar a garrafa de volta, mas eu me afasto e dou mais um gole.

— Sério, Micah – diz ele. — Como você anda?

— Estou com frio – digo.

— Micah...

— Estou bem. Minha atitude é tão boa quanto o meu futuro.

— Micah, para de palhaçada...

— Não estou de palhaçada — digo. — Estou falando a verdade.

A verdade, a verdade. Eu minto muito mal. Dou mais um gole. Dewey me encara por um tempo e começa a falar de coisas que não me interessam. Ele sopra nuvens, e eu bebo até esquecer.

Beber para esquecer.

A boca de Janie na minha orelha.

— Dá mais um gole.

— ... a cidade toda se ferrando. Estou adorando. Você soube do Ander?

A respiração dela na minha bochecha a sua boca na minha orelha o corpo dela esquentando o meu.

— Você tá me ouvindo? A Suey Park e mais um monte de gente disse pra polícia que viram o Wes e o Ander indo embora antes do incêndio começar, então acho que não é mesmo culpa daquele idiota. Que pena, né?

A respiração dela na minha bochecha a sua boca na minha orelha, o corpo dela esquentando o meu os olhos dela, brilhantes e sem cor.

— Quer dizer... merda. Esquece o que eu disse. Não se preocupa, cara. Ninguém acha mesmo que é sua culpa. Eles só acham que ela... que você sabia... Quer saber? Esquece... Micah, que porra você tá fazendo?

A respiração dela na minha bochecha a sua boca na minha orelha o corpo dela esquentando o meu os olhos dela

os olhos dela brilhantes e sem cor

e o único pedaço do rosto dela que vejo

quando ela me diz para tomar mais um gole.

— Micah, meu Deus, sai daí.

O único pedaço do rosto dela que vejo porque ela está na contraluz

da fogueira que só faz crescer

e crescer enquanto ela vira meu copo

sussurrando:

— Só bebe. Esquece. Está tudo bem, eu prometo, só bebe, esquece.

— Ela me disse para esquecer — digo, cuspindo as palavras para que elas sejam reais, fora da minha cabeça, cuspindo como se o ímpeto fosse arrancar a lembrança. — A gente estava em uma espreguiçadeira, embaixo de um cobertor, e o copo era azul e ela me fez beber e beber e me mandou esquecer.

— Micah.

Boca respiração calor.

O uísque é horrível na minha boca, agradável no meu peito, fogo no meu estômago. Dou mais um gole, um gole bem longo, e digo:

— Acho que a gente fez uma coisa horrível. Eu e Janie.

— Micah — diz Janie.

— A gente fez uma coisa horrível.

— Micah — diz Janie de novo, a voz dela queimando. — Para.

— Quê? Ela te deu uma ordem e você correu pra obedecer que nem um pau mandado? É, não me surpreende.

— Ela não quer que eu te conte.

— Vocês dois eram tão fodidos — diz ele, mas não é uma provocação.

Ele dá um trago longo no cigarro e a chama queima da cor do cabelo dela. A voz dele está baixa e tensa.

— Ela diz que você não pode saber — digo.

Dewey pisca e aperta os olhos.

— Quê?

— Micah, para de falar. Para de falar agora.

— Ela quer que eu pare de falar — digo.

— Micah. Micah, cara. Olha para mim.

Ele bate de leve na minha bochecha. O cigarro está perto demais da minha orelha. Acho que consigo vê-lo queimando, mas talvez só seja Janie, talvez só seja o cabelo dela.

— Micah, cara. Você está dizendo que ela está aqui? Agora?

— É — digo. — Ela disse que te odeia.

Minhas pernas estão penduradas no penhasco agora. A água está longe, muito longe, provavelmente. A pedreira tem sessenta e seis metros de profundidade. É a pedreira mais funda de Iowa. Está tudo escuro. Não enxergo nada. Não lembro quando cheguei tão perto da borda.

O rosto de Dewey está tão pálido que brilha no escuro.

— Cara, você quer... Eu preciso te levar para o hospital?

— Não — digo, tomando mais um gole. — Porra, Dewey, você não disse que uísque canadense era bom?

A garrafa está vazia. A garrafa sai voando. Dewey arranca a garrafa da minha mão e ela sai voando. Lá longe ouço um barulho quando ela cai na água.

Tento enxergar no escuro.

— A multa por jogar lixo no chão é de uns quinhentos paus.

— Caguei pra multa.

Ele está muito perto da minha cara.

— Umas, o quê, quinze pessoas morreram aqui nos últimos cinquenta anos? Se ninguém encontra os corpos, quem é que vai encontrar essa garrafa idiota? Olha, Micah, ouve...

— Quatorze — digo. — A última foi Patty Keghel, em 1972. Eu lembro. Eu estava pesquisando apocalipses locais e encontrei o nome dela porque ela era uma seguidora ferrenha do Herbert Armstrong. Ela acreditava em todas as previsões falsas de apocalipse dele e um dia até correu pelada por Waldo alertando todo mundo. Ela costumava pescar na pedreira e fazia as próprias jangadas, mas acho que não eram muito boas, porque ela acabou se afogando.

Dewey fica quieto, então eu continuo falando:

— Eu e Janie vimos o túmulo dela. No nono ano, vimos o túmulo. Está no cemitério. Você quer ver? A gente pode ver. A gente pode ir agora.

— O que você está fazendo agora...

— E de novo — digo, cuspindo. — De novo, neste ano, a gente veio pra cá. Aqui.

— Sim, eu sei que a gente já veio pra cá. A gente vive bêbado aqui porque nós dois somos os piores babacas do mundo.

— Não, não eu e você. A gente. Eu e a Janie. Janie e eu. Eu lembro. Agora eu lembro, era nosso aniversário. A gente veio pra cá e tinha um barco. Você fez uma caça ao tesouro e o tesouro era você.

— Micah. Que porra você tá dizendo? Você tá falando com ela?

— É — digo e viro para Dewey, mas um pouco rápido demais, a mão dele está no meu braço e eu estou me apoiando nele porque não consigo sentir meus pés. — Ela não... Ela não me deixa quieto.

— Ah, para de exagerar, Micah — diz Janie. — Você não quer que eu te deixe quieto.

— Ela é minha alma gêmea — digo e digo de novo, mas não soa mais claro, as palavras esmagadas na minha cabeça, vômito na minha boca. — Minha alma gêmea. Ou não. Ela disse que a gente tinha a mesma alma. O que isso quer dizer? Ela disse que a gente era um átomo. Não sei, Dewey. Acho que ela é doida.

— Eu sou doida — diz Janie. — Você também. E todas as melhores pessoas. Quem disse isso?

— Lewis Carroll. Quem disse isso foi o Lewis Carroll.

Dewey está apertando o cigarro com tanta força que está se desintegrando. Talvez ele esteja fingindo que o cigarro sou eu. Esmagando até sair toda a maluquice.

— Micah, sério...

— Ela é totalmente maluca, cara. Mas eu a amo, Dewey. Céus, eu não sei como parar de amá-la. Às vezes olhar para ela chega a doer, sabe? Você já amou alguém assim? Não, não amou.

— Você não tem como saber — diz Dewey.

De repente, a voz dele está clara. Ele atravessa a névoa e dói, tudo dói.

– Dói – digo.

É quase um soluço, parece um soluço. Será que estou chorando? Não sei. Eu não sei.

– Dói, Dewey, dói pra caralho. Parece que eu estou morrendo, Dewey, parece que minha cabeça está implodindo. Eu só quero ela de volta. Eu só quero saber por que ela não me pediu para ir embora com ela, eu só quero que ela responda minhas mensagens...

Estou de pé e o penhasco é mais alto do que eu achava que era e eu estou olhando para baixo, tão fundo, e está escuro demais porque hoje não tem lua, igual àquela noite, e não vejo nada além da altura. Eu olho para o lado e Janie está olhando para mim, tudo está embaçado e ela é a única imagem nítida no mundo.

E aí eu estou caindo e caindo e caindo

mas

na

direção

errada.

O Diário de Janie Vivian

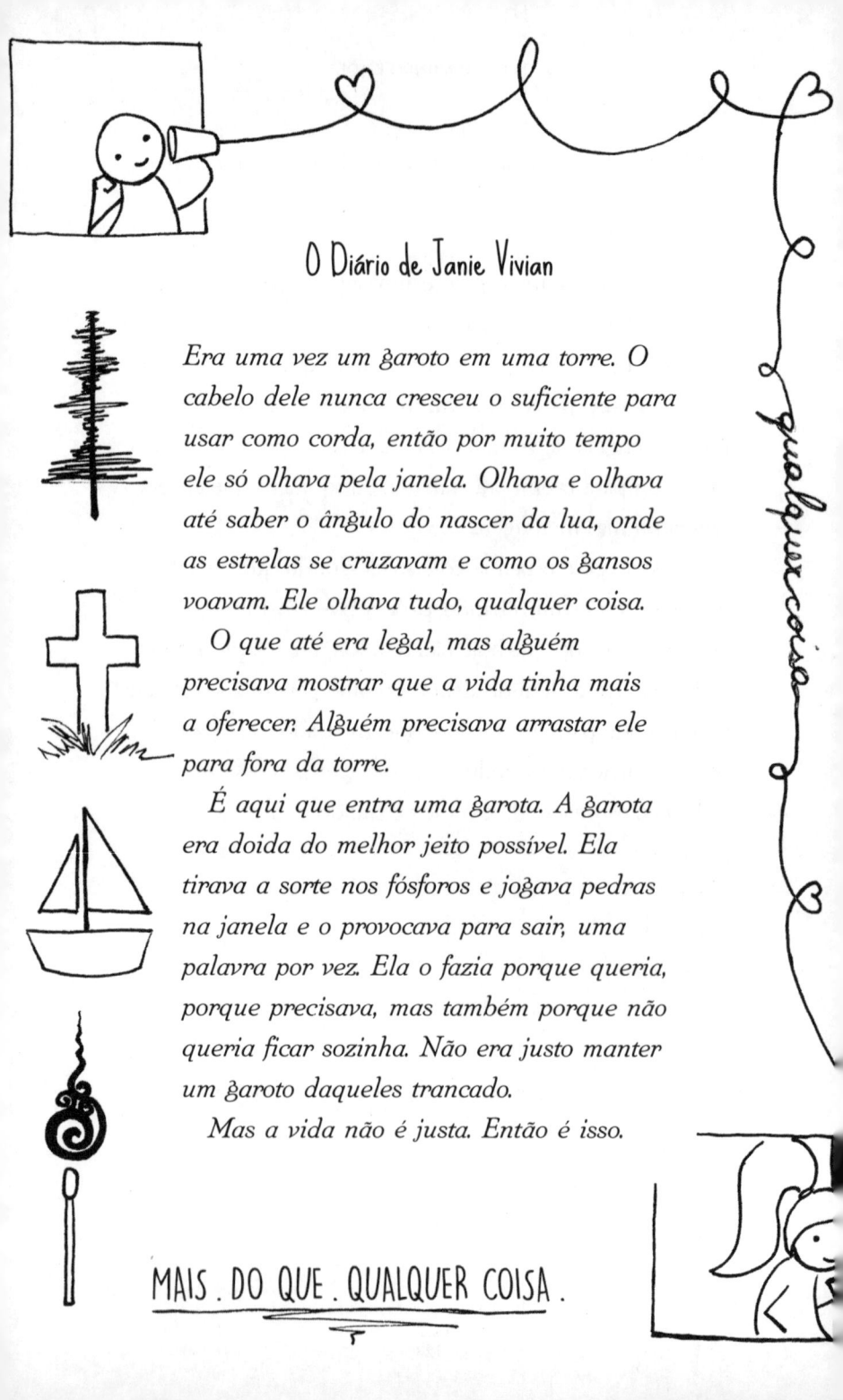

Era uma vez um garoto em uma torre. O cabelo dele nunca cresceu o suficiente para usar como corda, então por muito tempo ele só olhava pela janela. Olhava e olhava até saber o ângulo do nascer da lua, onde as estrelas se cruzavam e como os gansos voavam. Ele olhava tudo, qualquer coisa.

O que até era legal, mas alguém precisava mostrar que a vida tinha mais a oferecer. Alguém precisava arrastar ele para fora da torre.

É aqui que entra uma garota. A garota era doida do melhor jeito possível. Ela tirava a sorte nos fósforos e jogava pedras na janela e o provocava para sair, uma palavra por vez. Ela o fazia porque queria, porque precisava, mas também porque não queria ficar sozinha. Não era justo manter um garoto daqueles trancado.

Mas a vida não é justa. Então é isso.

MAIS . DO QUE . QUALQUER COISA .

antes

9 DE OUTUBRO

Tá, *ok*, eu ainda estou me sentindo culpada. O que foi? Eu tenho um coração. Um coração enorme, confuso, que queima como um vulcão. Se você arrancasse o coração do meu peito, ele estaria coberto de pedaços de gelo e buracos negros e ervas que parecem flores.

Faz seis dias que eu não falo com o Micah. Deve ser um recorde.

E amanhã é nosso *aniversário*.

Claro que o Ander me dá frio na barriga e o gelo escapa para meu coração, mas Micah é a gravidade dos meus buracos negros. Ele rega minhas ervas.

Ele nem *olhou* pra mim desde a competição. E ele tem olhos lindos.

Inserir reclamação aqui. Ah, tudo bem. Eles poderiam ser chamados de sensuais. Talvez.

Então, sei lá. Talvez seja culpa ou talvez seja só que eu quero falar com ele de novo ou talvez seja *o nosso aniversário amanhã*, mas eu mato aula hoje, depois dos meus pais entrarem no táxi para o aeroporto brigando sobre o responsável por imprimir as passagens, para fazer uma caça ao tesouro para ele. Eu escrevo um bilhete com uma caneta de bico de pena (que não é de jeito nenhum a caneta que o Sr. Markus vive procurando) e eu mancho de café e queimo as pontas e tudo. Entro na casa dele de fininho pela porta dos fundos e largo o bilhete na cama dele, junto com um Walkman velho com um CD dentro, fones de ouvido e um bilhete que diz ME LEVE. Também pego os binóculos da gaveta dele, porque não encontro os meus, e vou esperar nos arbustos perto da casa.

E espero.

E espero e espero e espero pra cacete.

Ah, vamos lá, Micah. Estou com frio. Tem uma pilha de fósforos queimados do meu lado e nada de sorte. É a véspera do nosso *aniversário*. Não faz isso comigo. Mas parece que ele vai fazer. Está ficando tarde. Estou prestes a entrar na casa e pegar o bilhete de volta antes que ele possa ver para me poupar de humilhação e talvez abandonar uma amizade que faz o mundo girar...

Sim! Ele apareceu! Ninja para quartel-general: o sujeito se aproxima da área. Ele entra com o carro na garagem, e eu olho pelos meus (seus) binóculos. Um minuto depois, a luz da cozinha se acende e depois a luz do quarto. Saio de fininho do arbusto para espiar melhor. Estou ficando com uma cãibra no pescoço, e não consigo parar de pensar em como isso era mais fácil quando eu morava na casa ao lado, mas pelo menos consigo ver que ele esfrega os olhos antes de deitar na cama... NÃÃÃÃÃÃO! Meu bilhete! Ah, vamos lá, Micah, são só dez horas. Não é hora de ir dormir. Vira. Droga, eu passei tanto tempo fazendo aquele bilhete! Levanta. Levanta... ah, ok, acho que funcionou. Ele vira de lado e o bilhete (ai, meu bebê, coitado) deve fazer barulho, porque ele se senta, confuso, e procura o papel. *Finalmente.*

Ele lê o bilhete, levanta e abre a janela. Eu quase não me escondo nos arbustos a tempo. Ele olha de um lado para o outro e fica lá parado tanto tempo que eu começo a me desanimar, porque claro que isso não basta, claro que ele ainda está chateado eu e ele nunca mais vamos nos falar só por causa de uma briga boba na competição de luta livre e a nossa alma vai murchar e se despedaçar...

Os sapatos! Ele está procurando sapatos! Ele apagou as luzes! Ele está voltando para o carro!

E agora estou correndo também e não consigo parar de sorrir. Minha metade da alma está dançando, minha metade está leve e eu mergulho em mim mesma e mando a alma ficar quieta, porque a metade do Micah vai sentir e estragar a surpresa. Não não não. Não vou deixar. Me esforcei demais nisso. Em nós.

Fica quieta. Como se estivesse pisando em ovos, alma.

Micah liga o motor, o que provavelmente faz começar um terremoto na Austrália. Eu conto até sessenta e corro atrás dele.

Corro por três quarteirões até chegar aonde estacionei o carro. O mundo é vasto, e a lua está nascendo.

Coloco a mão no bolso antes de dar partida e aperto. *Nada a temer* – nem preciso da lembrança, ou das canetas ou dos fósforos. Hoje, não tenho que rabiscar nada. Não tenho que botar fogo em nada.

O bilhete dizia: "Era uma vez um garoto e uma garota que encontraram uma árvore e se apaixonaram por ela, até a bruxa cortá-la."

Não vejo o carro de Micah em lugar nenhum, então nem sei se ele está indo na direção certa. Acho que ele sabe, acho que ele lembra. Ele tem que lembrar. Viro a esquina, congelo, e dou marcha a ré. Ah, graças a Deus. Ele lembra. E ele não olha para trás.

Modo ninja ativo. E talvez só mais um fósforo.

Estaciono atrás de uns salgueiros e peço desculpas para o gramado da Sra. Capaldi. Mas ela é bem velha. Talvez ela nem veja as marcas de pneu.

Antes de a gente ter coragem de sair da vizinhança, antes de encontrar a Metáfora e o resto do mundo, a gente vinha sempre aqui. Devia ser no segundo ou no terceiro ano do fundamental. A gente vinha todos os dias, porque a Sra. Capaldi tinha uma árvore incrível no quintal, uma árvore de verdade, nada desses gravetos sem graça dos outros quintais. O tronco era tão grosso que, se eu e Micah abraçássemos a árvore de lados opostos, nossas mãos não se tocavam. Os galhos mais baixos eram pesados demais para continuar crescendo, e em alguns pontos a gravidade os puxava de volta e eles criavam novas raízes e nasciam de novo. Eu nunca escalava, mas Micah sim. Ele escalava como um esquilo.

Ele subia e subia e eu ficava no chão e chutava o tronco porque minhas habilidades de escalada eram ridículas.

Eu achava que esse era o lugar mais bonito do mundo. Eu achava que esse era o lugar onde o mundo começou. Mas no terceiro ano a gente veio depois da aula e a árvore estava em pedaços, cortada, retalhada e destruída, e eu comecei a chorar. A Sra. Capaldi explicou que a árvore estava morrendo, mas eu não liguei. Era uma tragédia. Micah teve que me arrastar para ir embora e eu chorei o caminho todo para casa.

A Sra. Capaldi destruiu minha infância, então eu destruí seu quintal. Estamos quites.

Agora resta um toco e, quando eu olho pelo lado da casa, Micah está sentado nele com a próxima pista no colo. Será que ele está sorrindo? Está escuro demais para ver. Eu acho que sim. Eu espero que sim.

É uma lanterna, uma página do calendário de setembro do nosso nono ano e uma garrafa de vodca de pêssego.

Ele está longe, mas eu o sinto relaxar. Eu sinto sua risada, mesmo que eu não a veja; sinto o ar mudar, mas só entre nós dois. Ele liga a lanterna, iluminando tudo ao seu redor, e eu me jogo contra a parede da casa e prendo a respiração. A luz passa e eu escondo meus dedos atrás das costas. Nada de teatro de sombras hoje.

A luz apaga. E acende. Acende, acende, apaga, pausa.

Código morse? *Código!* Eu *sabia* que ensinar código morse para ele seria útil um dia!

Você é a maior idiota do mundo, Janie Vivian.

E eu sorrio como se fosse.

Eu ouço o motor um pouco depois e ando de fininho até o carro para segui-lo. Leio três mensagens do meu pai, dizendo que ele e a Mamãe já estão no hotel e que é para eu ligar quando puder. Melhora! Normalmente, teria algumas chamadas perdidas e uma ou sete mensagens de voz. Talvez ainda exista esperança. Eu respondo com "Ligo mais tarde!" e dirijo até o Cemitério São João.

Que é bem bonito, para um cemitério. Não é limpo demais. Cemitérios limpos demais são *errados*. Cemitérios não devem ter marcas de cortador de grama. Eles precisam ter flores silvestres, dentes de leão, pedidos e lágrimas. E hoje, sob o anjo com as enormes asas dedicado a um certo Michael Van Pearsen, 1920-1977, AMEI DEMAIS AS ESTRELAS PARA TEMER A NOITE, também tem uma pista.

(É o epitáfio mais perfeito do mundo. Procurei no Google depois e é de um poema da Sarah Williams e eu tenho *tantatantatantatanta* inveja porque não morri cedo o suficiente para usá-lo antes.)

A primeira vez que viemos aqui foi duas noites antes do nono ano. Eu passei a prateleira pelo espaço entre nossas janelas, entrei no quarto de Micah com uma garrafa pequena de vodca de pêssego que Beaver Rossily, do outro lado da rua, comprou pra mim (por um preço alto demais) e a gente andou 2,54 quilômetros até o cemitério e se embebedou pela primeira vez.

Eu não queria que minha primeira vez bêbada fosse, sei lá, *suada*. Não queria que fosse em uma festa cheia de gente que eu não conheço. Na verdade eu queria champanhe, mas Beaver disse que era caro demais. Mas deu tudo certo. A vodca de pêssego *queimava*, mas a gente engoliu e riu com fogo saindo pelo nariz.

Eu lembro que as estrelas estavam gigantes. Enormes. Eram mundos inteiros e, naquela noite, o nosso brilhava tanto quanto os outros.

Eu lembro que foi infinitamente hilário que a gente estava em um cemitério. Lembro que a gente deitou sob o anjo e colocou as mãos no peito como se estivéssemos mortos, mas então Micah pôs a mão no espaço entre nossos corpos e eu a segurei e estava quente e grudenta da vodca. Eu lembro que entrelacei nossos dedos e pressionei nossas linhas da vida uma contra a outra.

Eu lembro que planejei nossos velórios. Eu queria flores azuis de todos os tipos. Miosótis, escovinhas e campânulas, lírios, amores-perfeitos e hibiscos. Eu queria flores por qualquer lado, por todos os lados, no meu cabelo, no meu caixão e nas mesas da festa depois.

Eu perguntei se velórios tinham festas.

Micah disse que não, só casamentos tinham festas.

Então eu quero flores azuis no meu casamento também.

O que mais?

Eu quero chuva, disse. Eu quero trovões e soluços. Eu quero Wi-Fi amaldiçoado que faz os pelos do nariz de quem o usa crescerem tanto que dá para tropeçar neles. Eu quero um pastor gato, uma igreja cheia de gente e chocolate, biscoitos de mel, velas de canela e lenços da cor do céu.

Para o casamento ou para o velório?

— Os dois — eu disse. Eu quero tudo, tudo.

Micah queria as coisas simples. Um caixão, um buraco no chão. Mas ele queria uma gravata amarela. Eu lembro especificamente, porque lembro que imaginei: uma gravata feita de luz do Sol.

Eu me pergunto o que Micah lembra. Eu me pergunto se ele lembra as mesmas coisas, ou se ele lembra partes diferentes. Deve ter tido partes diferentes. A gente deve ter andado para casa — como foi? Tropeçar e gargalhar o caminho todo, sob a luz dos postes. Eu devia perguntar depois. A gente pode deitar no X do tesouro e juntar as memórias.

Aquela foi uma boa noite.

Hoje será uma boa noite também.

Eu nem saio do carro. A próxima é uma pista rápida, só um monte de fogos de artifício. Além disso, agora Micah tem nervoso de cemitérios. Não acho que ele vai ficar muito tempo e ele não fica mesmo. Eu o vejo correr para fora do cemitério e entrar no carro. Respiro fundo, puxando todo o ar do carro para dentro dos meus pulmões, abaixo a janela e vou atrás dele.

Até o fim da rua, até a escola e além. Até a floresta do lado da pedreira que devia ter sido derrubada para construir um bairro bonitinho cheio de casas iguais, mas ficaram sem dinheiro logo que começaram. Então agora é só um grupo de árvores que querem desesperadamente crescer e se tornar uma floresta escura e encantada, e um dia no segundo ano eu e Micah fomos lá com um monte de fogos de artifício.

Sem motivo. Era semana de provas e a gente precisava de algo bonito. Soltamos os fogos e as brasas voaram e queimaram nossos ombros nus.

Na estrada que leva à pedreira, Micah segue em frente e eu viro à esquerda. Ele vai entrar na floresta, encontrar um par de remos enfiados no chão e uma pedra da Metáfora equilibrada em cima e vai saber para onde ir. Eu tenho que chegar antes.

Já está escuro agora, agressivamente escuro, e eu abro a janela e boto a cabeça para fora para confirmar que dá para ver estrelas. Está frio e eu estou pronta para me irritar, bufar e gritar com o céu para afastar as nuvens, mas não, lá estão elas! Estrelinhas piscando, acordando e se aquecendo. Não sejam tímidas, estrelinhas! Vocês podem brilhar. Vocês podem até cair, se quiserem. Só não hoje. Hoje é minha noite.

Eu respiro fundo. Sinto a escuridão nos meus pulmões e é a melhor sensação. Vou até o celeiro do Old Eell, com noite saindo pelo ladrão. O celeiro é mais longe do que a Metáfora e é um território desconhecido à noite, então faço xixi antes de ir.

Que foi? Medo afeta minha bexiga.

Old Eell é o fantasma que vive no celeiro e afoga os mais fracos, e eu sei que ele não é de verdade porque o Alex Brandley sempre traz garotas aqui e ele já teria se afogado um milhão de vezes. Ele me trouxe aqui no primeiro ano, mas tentou uma mão boba no primeiro minuto e eu disse que chutaria o saco dele, mas que era pequeno demais para encontrar.

Mas ele me mostrou o barco, então acho que valeu a pena. O celeiro é meu agora. Eu e Micah temos um estoque de bebida escondido atrás do trator enferrujado, o que faz com que eu me sinta terrivelmente adulta. Eu passo direto pelo estoque hoje, porque Micah está trazendo a vodca de pêssego especial que deixei para ele. Vou para o canto dos fundos, onde fica o barco. Não é pesado, mas ainda é mais pesado do que eu gostaria. Eu o chuto, puxo e ouço um barulho perto do trator que provavelmente é um lobo faminto então eu *corro*, arrastando o barco comigo, até estar na beira da pedreira. Entro no barco, abraço meus joelhos e fecho meus olhos bem apertados. Nada de aranhas nada de ratos nada de cobras nada de morcegos nada de lobos. Não não não.

— Janie?

Eu grito.

Micah grita também, largando tudo que estava segurando, e eu saio do barco, a luz da lanterna na minha cara, e eu estou gritando de novo, gritando:

— Você quebrou a vodca? A garrafa quebrou?

— Meu Deus do céu, não quebrei a vodca, vou ter um ataque cardíaco aqui! – grita ele de volta, a gente cai na grama rindo e tudo está bem, bem, bem.

— Você demorou uma vida – digo quando consigo voltar a respirar.

— É, eu levei um tempo dando voltas naquela floresta. Você não podia fazer isso, tipo, durante o dia?

"Bom, podia, se você estivesse em casa." Mas não digo isso. Digo:

— Mas é mais divertido no escuro.

Ele sacode a cabeça, sorri e diz:

— É, acho que sim.

— Bom, ainda não acabou. Vamos lá. Última pista — digo, impaciente, tentando entrar de novo no barco.

Micah finca os pés no chão.

— Espera aí — diz ele. — Esse é o barco do celeiro.

— Entra no barco, Micah.

— Eu não vou entrar no barco. Não. De jeito nenhum.

Considero bater o pé no chão. Demais? Demais. Acabo só olhando feio para ele.

— Por que não?

— Ah, não sei — diz. — Porque não quero me afogar hoje.

— Você não vai se afogar — digo, impaciente. — Eu já te disse, é totalmente seguro. Alex Brandley passeia de barco com garotas o tempo todo. Vai dar tudo certo. Você é, tipo, metade do tamanho dele. Se não afunda quando o Alex transa nele, não vai afundar com a gente.

— Ah, ótimo — diz ele. — Instável e contaminado com DSTs.

Mas ele empurra o barco na água e entra, e eu corro e entro também. O barco balança e a gente se segura, mas ele não vira e a gente não se afoga. Estamos só riso nervoso, respiração rápida e batimento cardíaco ainda mais rápido, vivos vivos vivos.

Então nos acalmamos e viramos outro tipo de vivo, o tipo que exige música, então pegamos o Walkman e colocamos os fones de ouvido.

— Merdinha alternativa — reclama Micah, mas cantarola junto.

A próxima faixa é Liszt, e os dedos dele batucam contra a palma da minha mão. Finalmente acabamos deitados de costas, de mãos dadas.

Somos Janie e Micah, Micah e Janie.

— Vamos jogar um jogo — sussurro.

Eu sou o silêncio e o silêncio sou eu.

— Vamos brincar de Segredo — continuo.

— Ok — diz ele, como eu sabia que ele diria, como ele sempre diz. — Você começa.

— Eu mijei na pedreira antes de você chegar.

Ele rapidamente puxa de volta a mão que mexia na água.

— Céus, Janie.

— Que foi? Eu precisava mijar. Antes de entrar no barco. Senão eu teria mijado no barco e...

— Ok, ok — diz ele. — Hm. Eu... Eu ainda faço aquela brincadeira com vaga-lumes. Tipo, você sabe. Coloco eles em potes com grama e tal.

— Isso não conta — digo. — Eu já sabia. Eu vi os potes na sua cômoda.

— Conta sim — diz ele, parecendo irritado.

Ele não está irritado, só constrangido, mas não precisava. Eu acho fofo e principalmente só fico frustrada de não ter pensado em fazer isso antes.

— Só tem que ser alguma coisa que você nunca *contou* para alguém antes — explica.

— Tá — digo. — Eu comprei um par de botas Hunter mesmo que eu tenha jurado que nunca compraria.

— É, eu acharia isso mais interessante se soubesse o que é uma bota Hunter. Eu coloquei uma barata no sanduíche do Dewey ontem na hora do almoço.

— Eca, eca, *eca* — digo, balançando o barco para tentar fugir da palavra. *Barata.* — Como você encontrou uma?

— O quê? Uma barata? Eu só...

— Para de falar essa palavra, eu odeio essa palavra.

— ... peguei uma do armário vazio do lado do meu. Sempre tem umas cinco ou seis lá. Barata barata barata.

Eu tento empurrar ele para fora do barco. Ele tenta me puxar junto. A gente joga água um no outro e acabamos os dois encharcados.

— Eu tentei fazer um piercing no umbigo.

— Você usou essa história da última vez — diz ele. — Você sempre tenta usar essa história.

— É, porque eu tentei *de novo*.

— Ontem eu disse pro meu pai que não acredito que ele aproveitou a única oportunidade de ter um caso, sendo que a Mamãe teve muito mais oportunidades e nunca o fez.

Está silencioso agora, só nós e o vento. O resto do mundo parou de existir. É só isso: a pedreira, o barco, o céu redondo e nossas confissões. Nossa alma está nua, estamos abrindo tudo.

Tá, não tudo.

Mas ele também está guardando segredos.

— Eu dei descarga no brinco da Tiffany da minha mãe — digo. — Depois eu pesquisei na internet. Custava cinco mil dólares.

— Jura?

— Bom, eu só dei descarga em um dos brincos, então eram só dois mil e quinhentos. Agora ela só usa de um lado e deixa o cabelo solto do outro.

— Eu disse para o Dewey que não podia sair com ele hoje porque ia jantar com meu pai.

— Meus pais acham que estou na casa da Piper porque não queriam que eu ficasse sozinha na casa que eles nunca deviam ter comprado, e estou feliz de não ficar.

Isso não é um segredo, mas Micah entrelaça nossos dedos, encaixando nossas linhas da vida. Chego mais perto. Empurro meu ombro contra o ombro dele, coxa contra coxa, e cruzo meu pé na panturrilha dele, porque ele ficou alto demais para nossos pés se encontrarem. E ficamos assim, contando segredo atrás de segredo enquanto o barco nos leva, até eu olhar ao redor e decidir que é aqui, que estamos no centro da pedreira.

— Esse não é o centro – diz Micah quando eu falo.

— Por que não? – pergunto, mas ele não tem boas respostas.

Abro a vodca. Passamos a garrafa um para o outro, virando doses e tossindo até engolir. Jogamos água um no outro enquanto esperamos o álcool bater e quando bate, quando a escuridão está embaçada e as estrelas estão muito mais perto, eu pego meus fósforos. Micah me dá os fogos de artifício. Eu miro nas estrelas, solto os fogos e a gente deita e ri enquanto eles explodem no alto.

— A gente devia fazer isso de novo – diz ele.

Vejo os fogos refletidos nos seus óculos.

— Não. Sem bis. Vive o momento, Micah.

Ele não discute.

— Outra coisa, então — diz ele, sua voz cuidadosa, quase tímida.

Eu me apoio nele, encosto a cabeça no ombro e respiro fundo, fixando na minha mente a imagem de como encaixamos bem.

— Outra coisa — digo. — Depois de amanhã. Aí a gente pode fazer qualquer coisa. Qualquer coisa.

— É. Você vai poder transar com o Ander legalmente — diz ele, sua voz mais distante com cada letra de cada palavra.

— Micah — digo, fechando os olhos. — Não. Hoje não. Ei, que horas são? Olha para mim? Meu telefone está sem bateria.

Ele olha para o relógio.

— Meia-noite e quinze. Quase.

— Feliz aniversário, Micah Carter. Este é meu presente, por sinal. Espero que tenha gostado — digo, sorrindo com a cara apoiada no tronco dele. — Agora temos dezoito anos, praticamente.

Ele me afasta e por um segundo me pergunto se nada disso bastou, se ele ainda está com raiva, mas abro os olhos e vejo que ele está se mexendo para tentar tirar um envelope do bolso.

— O que é isso? — pergunto, já estendendo minha mão para pegar.

— Feliz aniversário, Janie Vivian — diz ele, tímido.

Eu abro o envelope e começo a chorar.

— Ah, meu Deus — sussurro. — Meu Deus, meu Deus, meu Deus, Micah. O que você fez? É sério?

São passagens e folhetos e números de telefone e e-mails e um mapa do Nepal.

— É a viagem — digo, minha voz ainda um sussurro. — Meu Deus, meu Deus, meu Deus, Micah. Mesmo? Você não pode fazer isso, é demais... Quer dizer, vou aceitar, claro. Mas Micah. *Micah*. Eu não acredito. Como você descobriu?

Ele ri.

— Sério? Faz meses que você abre aquela página e fecha se acha que eu estou vendo. Você nem começou a se inscrever para a faculdade, né.

Não é uma pergunta porque ele sabe a resposta. Eu não paro de choramingar. O sorriso dele é tudo.

— Você tem que me pagar de volta — diz ele, mas não consegue parar de sorrir para parecer sério. — Eu só comprei porque sabia que você não iria até alguém te dizer que era uma boa ideia.

— Ah, cala a boca, Micah — digo.

Eu o amo mais do que qualquer coisa. Eu o agarro e o trago para perto de mim, soluçando com a cara no ombro magrelo. O barco balança, Micah grita um aviso, nossas cabeças se batem e nós colidimos. Estamos inteiros de novo. Somos nós.

— Pronto — diz ele. — Agora você já sabe o que vai fazer ano que vem. Janie Vivian, A Boa Samaritana. Eu ainda não sei o que vou...

Eu cubro a sua boca com minha mão, porque ainda não acabei de admirar minhas passagens, e nada disso importa hoje, de qualquer jeito. Hoje. Este momento é só o que importa.

— Temos isso — digo, afastando minha mão daquela boca tão macia. — Isso é nosso.

— Isso — diz ele, a palavra tão quieta que parece se arrastar para sempre.

Mais tarde, quando remamos de volta, eu pergunto:

— Você entendeu? A caça ao tesouro?

— Hm, acho que sim. Foi seu jeito de pedir desculpas por ter sido uma ba...

— Foram os elementos — digo, listando com os dedos, começando pelo do meio. — Primeiro a árvore, na qual você subia até o céu, o ar. E depois o cemitério, a terra. E o fogo e a água. E o último.

— Ununóctio?

— Nós — digo. — Eu e você. Somos o último elemento, seu bobo. Eu te amo mais do que qualquer coisa.

— Eu te amo mais do que tudo.

Janie e Micah. Micah e Janie.

depois

5 DE DEZEMBRO

Dewey estende a mão para mim e não alcança, e sua voz está no meu ouvido. Ele cospe *merda cacete puta que pariu* em mim e o momento se divide: nós, aqui e agora, e também não nós, não aqui.

O punho de Dewey acerta meu queixo, a voz em meu ouvido dizendo para nunca mais falar com ele.

Seus olhos são só pupilas e o fogo queima alto neles.

Eu estou caindo, mas também já estou no chão, a fumaça é espessa e meus óculos estão quebrados e Dewey está em cima de mim. O cuspe dele está voando e se espalhando pela minha cara.

— Seu babaca — diz ele, com vontade. — Seu babaca, seu pedaço de merda. Seu escroto, você é mesmo um babaca...

E eu no chão. Olho para ele pela fumaça, tanta fumaça, e vejo meu sangue nas mãos dele, seu cabelo cobrindo os olhos, olhos azuis escondidos pelas pupilas.

Uma lembrança dentro de outra: "Eu não devia ter dito isso."

"Eu devia ter calado a boca."

E então: dor intensa, mas lenta. Focada, mas por todos os lados.

Aqui, agora, bato de cabeça no chão.

O impacto solta minhas lembranças, que voltam em ondas.

Hélio no hálito dela. A voz cada vez mais aguda e eu me perguntando se era normal ficar excitado com isso.

Janie escalando a Metáfora. Braços abertos e eu apertando os olhos e tentando entender onde o cabelo dela acaba e as árvores começam.

O céu e os fogos de artifício. Os segredos e os elementos.

Ela deita na minha cama. Nós nos abraçamos sob o cobertor. O ar está úmido de tanto que ela chora.

Asas. Eu me lembro das asas, eu me lembro delas pegando fogo. Um incêndio, outro.

Janie vestindo meu casaco e transferindo as pedras, as canetas e os fósforos para os bolsos.

Elas vêm, elas caem, cada vez mais rápidas.

Tudo e qualquer coisa: dá quase na mesma, mas não exatamente.

Eu sempre precisei dela mais do que ela precisou de mim.

– Merda – ofega Dewey no meu ouvido.

Estamos no chão, a noite está escura e estou com frio, congelando.

— Merda, Micah, merda, a gente precisa ir embora.

Ele me faz ficar de pé e eu cambaleio.

— Ela declarou um apocalipse aqui — digo.

— Bom pra ela. Vamos?

— Tá. Vamos. Celeiro. A gente guardou vodca no celeiro. Mas acabou a champanhe. A gente bebeu tudo naquela noite. Foi sem querer.

As lembranças me deixam tonto. Dewey me batendo Janie chorando fogo queimando. Beber, beber pra esquecer.

— Não, não o celeiro, a gente vai pra casa, porra...

Mas eu já estou tropeçando no caminho para o celeiro, o do Old Eell, onde moram fantasmas. Fantasmas. O fantasma de Janie? Talvez.

Talvez a gente tenha bebido demais aqui. A gente tinha um estoque para nos aquecer no inverno. E outro para nos esquentar no verão. Pelo menos era o que ela dizia.

— Micah, espera aí...

Abro as portas do celeiro e quase caio no chão. Vejo a forma embaçada do barco e me lembro da caça ao tesouro, de como foi fácil. Lembro que ela estava esperando. Que eu sempre contava que ela estivesse esperando. Precisava que ela estivesse esperando.

— Micah, por favor...

— Aqui! — chamo, tropeçando no escuro até o trator enferrujado.

Está escuro; me desequilibro e caio no chão. Não dói. Tem algo espetando meu cotovelo. Dewey para ao meu lado e usa a tela do celular para nos iluminar um pouco e eu vejo

Eu vejo

Fósforos e canetas e pedras. Pedras, mas poucas.

– Que porra é essa? – pergunta Dewey.

Ele agacha e começa a mexer nos papéis, tentando enxergar.

– Quê? Olha, Micah. Passagens de avião.

– Quê?

Ele abre um folheto.

– Legal. Olha só. Você quer ir ao Nepal?

Ele entende antes de mim. Ele fecha o folheto, o joga para longe e olha para mim com uma expressão preocupada. Eu tento ficar de pé.

Passagens para o Nepal.

Janie está no Nepal.

Mas

mas se as passagens estão aqui

então

ela não está.

E se ela não está no Nepal, então

então

Eu tento pegar as pedras. Grito para Dewey ligar a porra da lanterna do celular e a luz vem de repente, queimando meus olhos, mas quando eles param de arder e eu pisco até as lágrimas sumirem, eu vejo.

Preta em contraste com as outras, borrada pelos dedos dela.

Nada a temer.

Não posso garantir que conheço bem Janie Vivian. Não sei se nossas almas estão conectadas. Mas isso eu sei com certeza: ela nunca iria a lugar nenhum sem essa pedra no bolso.

— Micah. — A voz de Dewey finalmente me alcança, frenética. — Cara, Micah, você tá me ouvindo? Ai, que merda. Ai, cacete, que merda, cacete. Ok, tudo bem. Eu vou te levar pra casa.

Eu levanto a mão e agarro a gola dele, tentando dizer seu nome. Minha boca está lenta.

— Merda — digo. — Meu Deus. Espera. Dewey, espera. Eu lembro. Eu acho que lembro.

Ele não ouve, ou não entende. Eu sinto o calor do seu corpo e sua respiração. Ninguém esteve tão perto de mim desde Janie, naquela noite.

Janie em meus braços, hálito quente e dedos apertando, a boca na minha.

— Ah, Micah. — A voz dela está por todos os lados, naquela noite, hoje à noite, todas as noites, repetindo "Esquece, esquece". — Esqueça tudo. Queime tudo.

— *Merda*, você é pesado. Ok. Que se dane você. Espera aqui.

Não sei quanto tempo levo para notar que estou sozinho.

antes

10 DE OUTUBRO

— Não, a gente sempre brinca de Eu Nunca — reclamo.

Minha cabeça está no colo de Ander e está todo mundo aqui no porão da casa que eu odeio mas que finalmente serve pra alguma coisa. Piper, Wes, Jasper (que eles chamam de Gozador porque ele derrubou leite nas calças, tipo, no quarto ano), Gonzalo e Jude. Feliz feliz feliz aniversário para mim.

— Não tenho mais Eu Nuncas — digo.

As mãos de Ander estão afundadas até o pulso no meu cabelo e seus dedos brincam com ele como se fosse água.

— O que, então?

— Ah, sei lá. Alguma coisa divertida.

— Eu Nunca — insiste Piper, mas todo mundo a ignora.

— A gente pode jogar pingue-pongue de novo — diz Gozador.

— A gente não vai jogar beer pong de novo — digo, sentindo a língua áspera, porque sou inacreditavelmente ruim em beer pong. — Ah, Flubber! Vamos jogar Flubber! Wes, pega o baralho.

— Que bosta de jogo se chama Flubber? — pergunta Gonzalo.

— FUBAR — explica Ander. — A Janie não gosta do nome, então chama de Flubber.

— Flubber é um nome tão bonitinho — digo, rindo sem parar. Flubber, flubber.

— Você tem sorte de ser bonita — diz Wes, voltando com mais uma garrafa de vodca e o baralho, que joga na minha cara.

Ele senta ao lado de Piper e toma um gole de cerveja. Eu levanto do colo de Ander e espalho as cartas no tapete à minha frente, enquanto ele explica: Ás é uma dose, dois são duas. No três, você escolhe três pessoas para beber por três. No quatro você responde uma pergunta. Cinco doses no cinco. No seis, todo mundo bebe. No sete, uma rodada de Eu Nunca. No oito, todo mundo bebe. No nove, uma rima, o perdedor bebe. No dez, todo mundo bebe. No valete, os garotos bebem; na dama, as garotas bebem. E no rei, o que a gente faz no rei?

— Cachoeira — digo, tropeço, balanço, arroto. — Quem deu as cartas bebe, aí a pessoa do lado bebe, aí a próxima bebe, e aí você bebe até não aguentar mais beber. É divertido.

— É um jogo ridículo — diz Jude, mas ele pega o baralho de mim para dar as cartas. — Ok, vamos lá. Eu e o Goza temos que ir embora depois dessa. Meus pais voltam de Des Moines hoje.

— Por que o Goza tem que ir também? — pergunto.

— Eu sou a carona dele, lembra? Você é muito fraca pra bebida, Janie — diz Jude, jogando uma carta na minha cara.

— Não sou — digo. — Vocês que trapacearam. Vocês nunca bebem quando eu acerto a bola no copo de vocês. Pelo menos eu não sou o Gonzalo.

— É, Gonz. — Ander ri, dando um tapinha no ombro do amigo. — Cara, ele está apagado mesmo. Ele bebeu o quê, umas sete doses?

— Bostinha. — Wes ri. — Eu trouxe a limonada batizada pra esse babaca e ele foi se embebedar da bebida boa. Típico dele. Jude, dá logo as cartas.

— Vai se ferrar — diz Jude, mas passa uma carta para ele. É um ás. Wes vira a última dose da garrafa e espirra o restinho de vodca na Piper, que está deitada no chão, vestindo uma blusa curta que mal cobre o sutiã. Eu tento lembrar o que o papai disse sobre os tapetes quando a gente se mudou, mas só lembro que eram caros. Não importa mais. A gente já sujou demais para valer a pena se preocupar. Estou usando uma camiseta do Ander porque derrubei cerveja na minha. Tem o nome dele em letras garrafais nas costas: C A M E R O N.

Piper mostra o dedo do meio para ele e Wes sorri para ela, um sorrisão de bêbado. Jude passa uma carta para ela. Sete.

— Ai — diz Piper. — Ok, ok. Hm. Eu nunca... eu nunca comi uma porção grande de batata frita até o fim no McDonald's.

— Mentira — diz Wes. — Mentira. Sério? Garotas, cara.

Ninguém levanta o dedo, nem eu. Uma porção grande? Por favor. Eu já comi cinco. Eu e Micah passamos por uma fase em que íamos comer no McDonald's todo Dia de Metáfora. A gente fazia torres com as batatas e jogava os restos para os patos.

— É isso aí, Janie — diz Wes, orgulhoso, quando vê meu dedo abaixado. Ele puxa a alça do meu sutiã e deixa estalar contra o meu ombro algumas vezes, como se eu fosse uma guitarra. — Pelo menos você sabe viver bem.

Viver bem. Estou viva, viva, viva.

Michael me passa um três.

— Eu — digo. — Ander. Piper.

Viramos as doses e a vodca corre pela minha garganta e derrete todo o frio da barriga. Se não tivesse gosto de fogo, teria gosto de maçã. Vodca de maçã, uma das garrafas caras do meu pai. O Micah um dia me disse que achava que odiava vodca. Eu não odeio vodca. Vodca é fácil. Eu nem preciso esconder o gosto com outra coisa, não com vodca.

Todo mundo comemora.

Ander tira um dez. Todo mundo bebe. Goza tira outro sete. Todo mundo bebe de novo. Jude tira um nove.

— Nove — diz.

— Move — diz Wes.

— Chove — diz Piper.

— Promove — diz Ander.

— Inove — digo eu.

Renove, prove, comprove, comove, molotov.

— Molotov?

Todo mundo olha para Ander, que está muito, muito embaçado.

— Quê? — pergunta. — É uma palavra. Tipo aquela bomba caseira. Né?

— Não, seu babaca — diz Wes. — Não tá valendo palavra de outra língua. Bebe.

Ele bebe.

E jogamos e jogamos e jogamos. Dama, cinco, ás. Ás, três, nove.

— Esse jogo é difícil demais — reclama Goza, provavelmente porque ele só tem dois neurônios: um que é responsável pelo seu cabelo estar sempre perfeito e outro que age como um balão dentro da cabeça dele, ocupando o crânio todo para ele achar que é inteligente. Ele pega uma garrafa de vodca para levar e chuta Jude. — A gente tem que ir.

— É, vamos — diz Jude, que deixa o baralho para trás enquanto Wes chama eles de viadinhos.

— Eu não gosto dessa palavra — digo.

Tento fazer uma cara feia. *Vamos lá, sobrancelhas de lagarta. Colaborem.*

— Eu não gosto de você — diz ele, o que é verdade.

Quando eu e Ander começamos a sair, Wes disse para ele que preferia pular da pedreira a me namorar. Eu não ligo. Wes é o tipo de pessoa que não merece o esforço do desgosto.

— Vamos indo — diz Jude.

Ele tenta levantar Gonzalo, que acorda o suficiente para gritar "Sem essas frescuras!" e levanta. Dou tchau para eles e acho extremamente hilário que o Gonzy não consegue andar direito. Ele erra a porta e dá de cara com a parede.

— Bom, que eles se danem — diz Wes, jogando um dois para Piper, que empurra a carta para longe como se sua mão fosse mais pesada do que a gravidade.

— Eu tô cansada — murmura ela, se enroscando que nem um gatinho.

Eu faço carinho nas costas dela e rio e rio e rio.

— Meu Deus, Janie, cala a boca — diz Wes, vasculhando o baralho até encontrar um dez. — É sua vez — diz para Ander, e Ander vira o resto da latinha.

É minha vez. Depois a de Wes. Piper levanta a cabeça o suficiente para lamber o copo.

Ander. Eu. Wes. Piper. Ander. Eu. Wes. Piper.

Ander.

Eu.

Wes.

Piper.

Até o mundo estar nadando e estarmos nadando no mundo.

— Ai, pra mim chega — diz Piper, se enroscando de novo.

Ander, eu, Wes. Ander, eu, Wes. Contato visual e dedos do meio, até Ander se jogar para frente e derrubar o copo de dose de Wes em cima da Piper. Piper grita e a voz dela ecoa no meu cérebro. Wes manda Ander se foder, e:

— Dane-se — diz ele. — Eu ia parar por aqui de qualquer jeito, não sou maluco.

E aí somos só eu e Ander. O mundo todo é só Ander Cameron e Janie Vivian. Ander e Janie. Janie e Ander.

Espera aí, não está certo.

Mas eu quero ganhar.

Só que o copo está virando e virando e virando e de repente não está mais na minha mão, eu tento pegar de volta, mas o Ander está trapaceando, eu acho, e não consigo me mexer, não consigo me mexer direito.

Wes grita "Campeão!" e se apoia na Piper, que revira os olhos e fica de pé, puxando Wes atrás dela, indo para a porta. Eu tento ver eles indo embora, mas os olhos doces de Ander seguram minhas mãos:

— Desculpa, Janie, acho que sou melhor no jogo, desculpa, vou compensar.

E então ele me beija, as mãos no meu cabelo, a boca na minha boca e a respiração quente, úmida e alta demais.

— Não — digo, mas a palavra se perde no caminho da minha boca e Ander engole o que resta.

Ele me beija de novo e de novo, e sua mão... onde está a outra mão? A outra mão está na minha blusa, a blusa dele, subindo subindo e subindo.

Longe, muito longe, Piper diz que está indo embora, e eu não, *eu não quero que ela vá.*

Me espera, espera, me espera, Piper.

— Piper, não, fica aqui. Fica.

Eu vejo ela virar para mim, os olhos dela e os meus olhos, o momento congela, mas...

Mas ela vai embora.

Ela puxa Wes atrás dela, eles sobem as escadas e vão embora.

E de repente estou congelando, congelada, e Ander está desenhando círculos lentos como se estivesse tentando me esquentar com dedos de gelo.

— Ander, Ander, para. *Não*.

— Está tudo bem — diz.

Ele alcança minha orelha, beijando e lambendo, então sua mão está alta demais na minha blusa e eu tento dizer, eu tento dizer que estou cansada, estou tão cansada.

— Ok — diz em voz baixa, respirando na minha boca, os braços atrás da minha cabeça e dos meus joelhos, braços fortes de lutador, e o mundo está girando.

Eu pisco e estamos nas escadas, ele empurra a porta do meu quarto e estou na cama. Tudo bem, eu penso, tudo bem tudo bem tudo bem...

... mas então...

Não está tudo bem, nem um pouco, porque Ander também está ali,

e eu não sei, não sei, mas sei *agora*, sei que não quero, não, não. Ele está em cima de mim na minha cama e está beijando, beijando, beijando. Tocando, tocando, tocando.

— Ander — digo. — Não. Para.

— Eu tenho uma camisinha — diz e me beija de novo, antes que eu possa dizer não de novo.

— Espera — digo.

— Não se preocupa, eles já foram, estamos sozinhos, só eu e você — diz ele.

Não eu e você, *nunca* eu e você, não Janie e Ander ou Ander e Janie. Cadê a Piper? Piper tem que voltar logo, ela vai, ela vai voltar. Eu quero ser Janie, sozinha, só Janie...

Mas então ele está puxando minha blusa e eu tento segurar, mas ele diz que a camisa é dele, é dele. Eu tento pegar minhas pedras, minha pedra da Metáfora, *Nada a temer*, mas não está aqui, é *dele*. E o sutiã, o sutiã tão bonito que me deixava com um belo decote, um decote de verdade, sumiu. E então as calcinhas, que combinavam e que combinam sumindo, e o mundo...

... congela, para de girar e estamos para sempre e infinitamente presos neste momento, este momento de Ander e Janie juntos, e eu o odeio pra caralho, eu o odeio pra caralho, *eu o odeio pra caralho*.

— Relaxa — diz ele.

E eu fecho os olhos e penso: "Talvez não importe." Talvez amanhã eu acorde e nem lembre. Talvez nunca tenha acontecido.

O Diário de Janie Vivian

Era uma vez uma princesa que tomou algumas doses de vodca de maçã. Ela tomou mais algumas e pegou no sono. O beijo de um príncipe a acordou, mas ela queria mesmo era voltar a dormir.

Ela disse isso, mas ele não parou.

Ela disse mesmo. Ela disse "não" e "para", mas ele ouviu?

Alguém ouve?

PARTE II
Felizes Para Sempre

depois

6 DE DEZEMBRO

Esquecer é fácil. Isso não devia ser uma surpresa, mas me surpreende. Esquecer foi fácil. Lembrar é eterno e dói eternamente.

Na noite da fogueira, na última noite em que viram Janie Vivian, estava frio demais para sair de casa. Eu estava na cama com o laptop no peito quando Janie subiu as escadas. Ela tinha passado o dia fora. Ela passa quase todos os dias fora, na verdade. Eu a vejo menos agora que está morando no meu porão do que eu a via quando ela morava na casa nova.
Ela parou na porta e eu soube que tinha algo errado.
Seus olhos estavam quase sem cor. Suas mãos estavam afundadas nos bolsos e os bolsos estavam cheios de pedras. Dava para ver os dedos e as pedras.
– O que houve? – perguntei. – Onde você estava?
Ela se encostou no batente da porta.
– O que você está fazendo?

— Projeto final — disse. — Você já ouviu falar do Thomas Müntzer? Ele disse que o mundo ia acabar em 1525. Ouve só: ele foi torturado e decapitado, então o fim foi bem apocalíptico para ele.

— Você não devia se arrumar pro baile?

Dei de ombros.

— Ainda tenho tempo.

— Micah — disse ela. — Desculpa.

Eu pisquei, desviando o olhar da tela. O cabelo dela estava caindo nos olhos, mas ela não o tirou de lá.

— Quê?

Ela suspirou.

— Não faz isso, Micah. Eu pedi desculpas, ok?

— Eu sei, eu só...

Ela sempre disse que a culpa morava do meu lado da alma. Janie nunca tinha pelo que se desculpar. Todo mundo a perdoava sem que ela precisasse pedir. Apertei os olhos.

— Esse é meu moletom? — perguntei.

Ela olhou para baixo.

— É, acho que sim. Não vendem moletons assim pra garotas, né?

— Hm, acho que não — eu disse.

Empurrei meu laptop para o lado e comecei a me levantar. Ela cruzou os braços e se curvou um pouco. Ela parecia muito pequena. Eu queria sacudi-la até que ela acordasse.

— Ah, você sabe — disse ela, e eu me perguntei por que ela continuava a apertar o peito, se a voz saía tão trêmula. — Moletons de garota são finos demais e não servem pra esquentar. Coisas de garota são sempre assim. Não funcionam direito. Só servem para... sabe. São só bonitas. E esse. Esse é só bom, sabe? É um bom moletom.

— Janie — eu disse.

— Não — respondeu, tremendo.

Eu nem estava perto dela; minha mão se mexeu do outro lado do quarto e ela se afastou ainda mais. Eu engoli em seco. Minha saliva estava fria.

Ela respirou fundo e eu ouvi o ar rasgar seus pulmões sem enchê-los.

— Desculpa — disse ela.

Sua voz estava pequena. Sua voz estava microscópica.

— Desculpa, desculpa, desculpa. Você já sentiu que vai se dar mal de qualquer jeito?

Claro que sim. Eu moro em Waldo, Iowa, porra. Eu estudava na Waldo High School e não participava de esportes. Eu não tinha muitos amigos. Eu não era bem-dotado em nenhuma área da vida. Claro que eu sabia, porra.

— Ah, para com isso — disse Janie, parecendo um pouco mais normal, o que queria dizer que ela estava irritada. — Eu estou te ouvindo pensar.

— Parar com o quê?

— Com essa pose de pobre menininho branco bonzinho. Não seja um clichê, Micah. Você é melhor do que um clichê.

— Janie — eu disse, dando mais um passo para frente, ela dando mais um passo para trás.

— Para — disse ela, e eu parei.

Ela respirou fundo de novo.

— Não. Estou bem — mentiu ela.

— Me diz o que houve — pedi, e ela riu, ou tentou.

Não importava o quanto ela respirava fundo para se acalmar. Ela tentou rir e engasgou.

— Ah, fala sério. Você não quer saber o que houve, Micah. Se você quisesse saber, você...

Ela parou. Ela piscou e olhou para cima para as lágrimas não escorrerem.

— O que *não* houve? O mundo está acabando. Eu não estou nem sendo dramática. O mundo está mesmo acabando. Você sabe, não sabe? É por isso que escolheu apocalipses, não é? As abelhas estão morrendo. A camada de ozônio tem mais buracos do que eu. Um idiota pode apertar um botão amanhã e começar uma guerra nuclear. É... É muita coisa, Micah. E a gente não pode fazer nada. Não é a pior parte? A gente não pode mudar nada do que realmente importa. Só pensa em quanto sono a gente perdeu tentando resolver o que ninguém vai conseguir resolver.

— Hm — disse. — É?

A voz dela estava ainda mais baixa do que antes quando ela perguntou:

— Qual a probabilidade de você furar com a Maggie e com a festa hoje e sair comigo?

— Quê? — perguntei.

— Você confia em mim?

É claro que eu confiava nela. E é claro que eu iria com ela, não tinha dúvida. A Maggie era bonitinha, mas não era Janie.

— Deixa eu mandar uma mensagem pra Maggie — disse.
— E tenho que trocar de roupa.

Ela sorriu. Ela atravessou o quarto, finalmente, e me abraçou. Ela cheirava a fogo quando eu apoiei minha cabeça na dela. Às vezes eu esquecia o quão pequena ela era. Ela mal alcançava meu queixo. Ela olhou para cima e a sua boca estava curvada, os olhos dela estavam brilhantes e eu...

Eu quase a beijei, mas não beijei.

Eu quase disse que estava tudo bem, mas não disse.

Eu quase disse que cientistas estavam tentando resolver o problema das abelhas, mas não disse.

Eu fiz o que sempre fiz. Eu esperei até ela se afastar, até os olhos dela voltarem ao normal e a respiração dela voltar ao normal, e eu esperei ela segurar minha mão e me levar.

A mão dela estava fria e suada.

— Eu vou fazer uma fogueira — disse ela, ajeitando meus óculos e deixando a mão apoiada no meu rosto. — Vai ter marshmallow. Todo mundo vai. Você vai, né?

Eu não planejava ir. O "todo mundo" de Janie não era meu "todo mundo". Mas ela não soltou minha mão até estarmos no carro dela, até ela colocar a chave na ignição e olhar para mim com força. Meus dedos estavam ficando sem cor, esmagados pelo punho dela.

— Mais do que qualquer coisa — disse ela.

— Mais do que tudo — respondi.

Na noite da fogueira, o ar estava transtornado. O vento doía, e o cheiro de cerveja estava forte. O frio ardia e a fumaça crescia.

Tinha gente gritando. As pessoas corriam atrás das outras com doses e tochas.

Janie estava deitada no meu colo, e o cabelo dela me fazia espirrar. De manhã, ela fingiria que nada tinha acontecido e eu daria importância demais a tudo, como sempre.

— Micah — perguntou ela, a voz repentina, entrecortada, quase um ofego, quase um sussurro. — Você acha que tem coisas sem solução?

O fogo estava nos olhos dela. O fogo. Ninguém estava prestando atenção no fogo. Mas estava crescendo nos olhos dela, crescendo e cuspindo.

— Do que você está falando? Da gente?

De repente, ela estava sentada. O cóccix dela machucou minha coxa; me encolhi e tentei me afastar, mas ela não deixou.

— Não. Não a gente. Nunca.

Na noite da fogueira, choveu tarde demais. A água colou o cabelo dela ao pescoço e aos ombros. Encharcou meu moletom.

Ela gritou meu nome.

Ela gritou:

— Você está me ouvindo, Micah? Mais do que qualquer coisa, Micah. *Qualquer coisa.*

Na noite da fogueira, tinha um fósforo na minha mão.

Isso eu lembro com clareza: o fósforo, queimando meu dedo. Eu me lembro do calor nas minhas unhas, de queimar. Eu me lembro da chama, inflamada pelo vento, contrastada pelo frio.

Eu me lembro de soltar.

Eu me lembro do fósforo cair.

— Tudo — disse, quando caiu no chão.

Que noite para esquecer.

Que noite para lembrar.

O Diário de Janie Vivian

O que você acha que aconteceu com a cama da Bela Adormecida?

Não, sério. Eu quero respostas.

Você acha que ela dormiu lá de novo?

Ela dormiu por cem anos. Ela estava presa lá, enrolada no cobertor, esmagada contra o colchão, por cem anos. Ela não podia levantar. Ela queria, ela lutou, chutou e rasgou e não conseguiu sair daquele pesadelo de cem anos.

Você acha mesmo que ela conseguiria dormir lá de novo?

antes

11 DE OUTUBRO

Tem muitas coisas que ninguém te conta sobre sexo. Dizem que é romântico e transformador e tal, às vezes até dizem que tem sangue e dor. Mas ninguém diz o quão pesado ele é, ou que ele larga a camisinha no seu chão. Ninguém diz como ele cheira, a suor e corpo e *desconhecido*, um cheiro que nunca vai embora. Você pode ficar parada no chuveiro e esperar a água ir de pelando para quente para morna para fria para gelada. Você pode jogar todos os lençóis e travesseiros na máquina de lavar e o cheiro ainda vai emanar do colchão.

Você sabia? Eu não.

Eu uso um vidro inteiro de sabão. Eu me esfrego até minha pele estar tão dormente que não sinto o frio da água, e então, finalmente, finalmente desligo o chuveiro. O silêncio é total, e eu escorrego para o chão e fico lá, pés juntos e mãos cruzadas. Penso sobre a noite em que eu e Micah fomos ao cemitério com as mãos cheias de sonhos. Penso em como o céu era vasto.

Fico deitada e choro até vomitar. Então fico de joelhos e vomito até minha garganta arder.

Então eu abro o chuveiro de novo e jogo tudo pelo ralo, lágrimas vômito sonhos. Aperto meus punhos com cada vez mais força. Eu *vou* usá-los da próxima vez.

Da próxima vez?

E... merda. Lá vou eu. Chorando de novo.

Eu suspiro "merda" até não significar mais nada, não que significasse muito antes.

Não sei quanto tempo demora, mas finalmente me desgrudo do chão do banheiro. Já estou seca e vou para o meu quarto na casa nova e idiota que eu odeio para caralho e olho ao redor. Minha maquiagem está transbordando da gaveta de calcinhas. A parede atrás da mesa está manchada de tinta, esmalte e caneta. Tem pedras por todos os lados.

Minha cama é de casal e está inteiramente vazia agora, então é difícil não olhar. Eu tento.

Eu desvio o olhar para o espelho. Eu me lembro de cada lugar em que ele me beijou – cada um –, mas os beijos não me queimaram; eu ainda estou inteira. Se ele me machucou, os hematomas ainda não apareceram. Estou bem. Estou bem.

Me forço a olhar por mais cinco segundos, antes de correr para o banheiro e vomitar de novo.

Para de chorar.

Tudo bem. Estou bem. Vai ficar tudo bem.

Eu só preciso de um plano.

Google da Alma: "como decapitar um anjo"

Nenhum resultado.

"Como queimar cortar punir os perversos não espera aí"

"Como parar os perversos"

Consigo ver, agora, a cor da alma dele, por trás das nuvens. É branca. É branca e rastejante, está coberta de vermes.

Eu me sento, me deito, "Vamos lá, corpo, funciona", a gente tem trabalho a fazer. A gente tem que fazer alguma coisa. Sentar. Na frente do computador. Sim, isso eu consigo.

E S T U P R O

Digito no Google.

E depois:

Advogados em Waldo, IA

Pena média para estupro

O que constitui estupro

Estatísticas de estupro

Por que tem tantas vítimas de estupro

Por que estupradores não são presos

O que eu faço?

O que eu faço, droga?

Eu devia saber. É a primeira coisa que a gente aprende na aula de informática no sexto ano: não dá pra achar tudo na internet.

Eu fecho as abas. Eu apago tudo.

Então eu pego um punhado de pedras e visto minha jaqueta. Pego minhas chaves, desço as escadas correndo e constato que, se não caí, estou sóbria o suficiente para dirigir. Provavelmente já vomitei toda a vodca. Não olho para as pegadas lamacentas no tapete nem para as garrafas vazias no balcão. Eu tenho que sair daqui. Eu não devia ter colocado os lençóis na máquina. O cheiro dele se espalhou pela casa toda. Eu só preciso aguentar um pouco mais.

Para ser sincera, eu não me lembro muito bem de dirigir. Eu me lembro da escuridão voando rápido, muito mais rápido do que o limite de velocidade, me lembro de segurar a respiração até não poder mais e de chegar na garagem do Micah, sair do carro e ir até a porta dos fundos, entrar na casa escura e correr escada acima. Sou silenciosa por natureza. Estou pequena, assustada e ainda segurando a respiração.

O quarto de Micah está iluminado. Ele dorme com a janela aberta, e a luz da lua está clara e horrível. Tem uma caixa de pizza em cima de livros em cima de fichários em cima de roupas limpas em cima de roupas sujas e eu quase choro de novo, porque também é desconhecido, e o quarto dele nunca é desconhecido. Mas então vejo Micah, um amontoado debaixo das cobertas, e eu solto a respiração. Ele dormiu assim a vida inteira, com a cabeça coberta e enrolado de todos os lados. É mais seguro? É por isso que ele dorme assim?

Eu atravesso o quarto, me sento na ponta da cama e o cutuco. Acho que a luz da lua faz minha mão parecer mais pálida e trêmula do que realmente está, mas não tenho certeza.

– Micah – sussurro. – Micah.

Ele não se mexe e eu não aguento mais. Os soluços estão vindo e minha garganta está apertada e tremendo, então eu chego mais perto dele e puxo o cobertor. Ele se espreguiça, vira, abre os olhos e pisca.

— Janie?

A voz dele está grossa por causa do sono e eu deixo minhas lágrimas caírem. Micah, meu Micah.

— O que foi?

Ele tenta levantar, mas eu estou sentada no cobertor e ele está embolado, e por um momento é tão irônico e estranho que eu não consigo me mexer ou responder ou ver.

— O que foi? Janie...

— Você está roubando o cobertor — consigo dizer e deito do lado dele antes que ele possa responder.

Por um instante ele hesita, mas não pergunta mais nada. Ele só me dá espaço, joga o cobertor para mim e eu cubro minha cabeça e puxo o braço dele ao meu redor.

— Quê — diz ele. — Que...

— Shhhhh — digo, meu dedo na boca macia dele. — Shhh, eu só quero dormir. Só isso. Ok?

E é o que fazemos. Ele me abraça e eu choro e fecho os olhos e é como se estivéssemos de volta no barco, como se eu nunca tivesse saído de lá. Aquela quinta nunca virou sexta e Piper, Wes, Jude, Gonzalo, Goza e Ander nunca foram para minha casa, nunca. Parece tão possível, tão fácil, desejar que o tempo volte para a pedreira, com todos nossos segredos sendo despejados na água, que eu fico rebobinando o tempo sem parar. Somos bebês, somos embriões.

O cobertor é o útero e estamos esperando para nascer. O mundo está esperando e nada disso – não ontem, não ele, nada – aconteceu ainda.

E quem sabe?

Talvez nunca aconteça.

– Janie Grace Vivian!

Micah acorda de sobressalto ao meu lado. Ele resmunga e pisca e, quando me vê, cai da cama.

– Jesus – ofega. – Que porra é essa? O que você... Você está chorando? O que houve?

A voz do meu pai surge de novo, mais alta.

– Merda – sussurro. – Merda merda *merda*.

Vejo nosso carro estacionado na rua, lembro que o voo deles era de manhã cedo.

– Meu Deus, meu Deus.

Se eles vieram para cá é porque eles sabiam que eu não estava em casa, o que significa que eles viram a casa, as garrafas de vodca, a bagunça e tudo mais e meu Deus meu Deus meu Deus.

Passos sobem a escada. Micah está apavorado e eu estou prestes a vomitar de novo. Estou enrolando e amarrando os lençóis como se fossem forcas. Nós nos olhamos e a porta abre com força.

– A gente não estava transando. – É a primeira coisa que eu digo. – Eu só vim dormir aqui.

Mas meu pai já está com a cara vermelha e berrando e não importa o que eu digo, nunca importou, e agora eu entendo, entendo mesmo, então ele grita que eles encontraram as garrafas, que ele e a mamãe estavam preocupados porque chegaram em casa e eu não estava lá, que eu sou irresponsável, que ele está decepcionado, e assim por diante, alto o suficiente para a casa toda tremer e para Micah se esconder debaixo das cobertas, e eu me viro, pego um travesseiro, enfio a cara nele e grito o mais alto que posso e o som fica preso e eu estou presa e também ficando surda, e naquele momento eu me dou conta de que o universo não está nem aí pra gente.

– Quê? O que está acontecendo aqui?

Eu levanto o rosto e vejo o pai de Micah entrando pela porta, exausto depois do trabalho. Atrás dele, minha mãe, mexendo no brinco. Coloco a cara de volta no travesseiro porque o sol está claro demais e eu não dou conta disso agora, nem nunca, não dá, não dá.

– Seu filho está na cama com Janie – ouço meu pai gritar. – Eu te disse, Karen, eu disse que esse garoto era uma péssima influência, eu disse que isso ia acontecer. Janie, vai embora. Entra no carro agora ou...

– Ou *o quê*, caralho? – grito.

Todo mundo recua e congela. Fico de pé na cama, a pessoa mais alta do quarto e também a menor, tremendo tanto que devo estar embaçada.

– Ou o quê? Você vai me botar de castigo? Você vai me mandar pra cama sem jantar? Como isso vai ajudar? Como você acha que está me protegendo, porra?

– Entra no carro, Janie, ou eu...

Estou correndo. Não para o carro dele, mas para o meu. Ouço todo mundo chamando meu nome e depois não ouço mais nada quando saio em disparada. Faço como o universo e não dou a mínima. Não estou nem aí.

Minha metáfora preferida é "entre a cruz e a caldeirinha". Também gosto dos cegos e do elefante, de pão e de circo e de matar o mensageiro.

Minha frase preferida da Virginia Woolf é "Nada a temer". Também gosto de "E eu disse para a estrela: me consuma", "Arte não é uma cópia do mundo real; só um já basta" e "Ela voou como um pássaro, uma bala ou uma flecha, impelida por que desejo, atirada por quem, em que direção, quem diria?".

Minha matéria preferida é inglês, apesar da minha nota mais alta ser em biologia. Meu conto de fadas preferido é "A pequena sereia" e meu menos preferido é "A bela adormecida". Minha caneta preferida tem marcas de mordida na ponta e na tampa. Minha caixa de fósforos preferida parece uma miniatura do livro *Fahrenheit 451*. Minhas pedras preferidas da Metáfora são as que a água alisou. Meu projeto de arte preferido dos que fiz este ano é meu bule, mesmo que o bico esteja longo demais e pareça fálico. Minha cor preferida é vermelho, minha estação preferida é o outono, minha comida preferida é camarão, minha banda preferida é Florence + The Machine.

Outra coisa que ninguém conta sobre sexo é que não muda nada. Suas coisas preferidas ainda são suas coisas preferidas. Não é estranho? Pode ser muito insignificante se você quiser. Eu queria que fosse.

Mas se eu me mexo rápido demais, dói e eu sinto o cheiro dele. Como é possível? Só sei que é.

Eu repito a lista de novo e de novo. Minha metáfora preferida é "entre a cruz e a caldeirinha". Minha frase preferida da Virginia Woolf é "Nada a temer". Minha matéria preferida é inglês, meu conto de fadas preferido é "A pequena sereia", minhas pedras preferidas da Metáfora são lisas.

Eu gostava mesmo dele.

Eu gostava muito dele. Eu gostava que o livro preferido dele é *Hatchet*, do Gary Paulsen, mesmo que provavelmente seja porque ele não leu mais nada desde o quarto ano. Eu gostava que o esporte que ele mais gosta de assistir é futebol, mesmo que ele seja lutador, eu gostava que ele vestisse camisetas de gola em V escuras e apertadas no braço, eu gostava que os cílios dele são naturalmente curvados, eu gostava que ele sempre se estica quando ri de verdade.

A gente se conhecia até a ponta do dedo. Não, não é isso. A gente só se conhecia pela ponta do dedo, o que não era nada, mas por um tempo era o suficiente. A gente podia ter sido uma história de amor, um conto de fadas, um filme alternativo sobre ensino médio e insanidade temporária protagonizado por um garoto feito de partes de anjos e uma garota feita de sonhos. A gente podia ter tudo de melhor: pulseiras escorregando pelos braços enquanto doses escorregavam pela garganta, risadas e música alta em salas escuras com luzes estroboscópicas, beijos que começavam hesitantes mas não continuavam hesitantes.

A gente podia ter editado o fato de que eu não gostava da bebida dele e detestava a música dele e queria que os beijos fossem sempre leves. A gente podia ter editado as partes que ninguém quer ver. A gente podia ter parado. A gente podia ter *parado*.

Oi, Metáfora.
Você está, sim. Você está diminuindo.
Eu também estou.
Eu nunca tive uma terceira razão para dar o nome de Metáfora. Eu só não queria parar na segunda razão. Eu queria que Micah fingisse comigo, então e agora, que este era o centro do universo, onde ele começou e onde ele acabaria. Não tem metáfora alguma aqui e em breve não terá a Metáfora também.

Eu me sento e olho para a Metáfora por muito tempo, até o sol estar alto no céu. Ele brilha e queima e algo dentro de mim se arrebenta. Minhas mãos estão cheias de pedras e eu estou ganhando impulso quando Micah segura meu braço por trás. Eu sei que é ele pela forma como ele me toca e eu imediatamente me viro para chorar na sua jaqueta.

Ficamos parados assim por muito tempo.

— Está da metade do tamanho normal — digo com a cara pressionada contra o peito dele, abafada e molhada.

— É — diz ele, a voz baixa. — Estão moendo para fazer cascalho para as estradas. Foi decidido por voto umas semanas atrás. Meu pai me disse.

Eu olho para Micah. Os olhos dele estão arregalados e cansados e ele fica ali parado como se não soubesse o que fazer, como se não devesse estar aqui ou lá ou em lugar nenhum. Isso, é isso, esse é o real motivo para sermos *nós*, porque a terra é só um monte de buracos em forma de corpo esperando serem preenchidos e nenhum de nós dois consegue encontrar um lugar para preencher, exceto quando estamos juntos.

— Por que você não está mais preocupado? — pergunto.

Ele abaixa a cabeça e dá de ombros, mas os ombros não voltam totalmente ao normal. Ele se curva, ele está sempre curvado e pedindo desculpas. Meu Micah. Meu.

— Você está preocupada? Você não vai dar um jeito de impedir?

Ele faz parecer tão fácil, mas eu estou tão cansada. Estou cansada dos pés à cabeça.

Eu me apoio nele. Ou, melhor, eu caio e ele me segura e eu me encolho contra ele e olho para a Metáfora encolhendo.

— Talvez a gente não tenha a mesma alma, no fim das contas — digo, e soa ainda mais assustador em voz alta.

Ele abaixa as mãos, os dedos esquisitos ao formar punhos e ainda mais ao se soltar. Ele nunca soube o que fazer com as mãos. Elas sempre pareceram mais moles do que mãos devem ser, como se faltasse um osso, o osso do bom senso, que ensina o que fazer com as mãos.

— Ah — diz ele.

A tristeza dele é tudo. Ele tenta esconder, como se ele pudesse esconder qualquer coisa de mim, mas claro que eu noto que a respiração dele muda, que ele se retesa e que as sobrancelhas tremem, que as narinas se dilatam para inspirar um pouco mais de ar do que precisariam normalmente. Eu pego as mãos dele. Pego os dedos estranhos e os enrosco nos meus.

— Talvez eu não tenha alma alguma — digo.

Ele relaxa. Imediatamente, ele se solta contra mim.

— Bom — diz ele. — Você é ruiva.

— Talvez eu tenha um fantasma.

— Um fantasma — repete ele, confuso.

— Um fantasma — confirmo, mas não elaboro.

Estou cansada demais para pensar na explicação. Não sei por que me ocorreu, mas, quando falei, pareceu verdade. Eu não tenho alma alguma.

Encosto a cabeça no ombro dele e cruzo os braços sem soltar suas mãos, fazendo com que ele me abrace.

— Você nunca foi apaixonado por mim, sabia?

As mãos dele imediatamente começam a suar nas minhas. Ele apoia o queixo no alto da minha cabeça e eu sinto sua garganta mexer contra meu crânio quando ele engole em seco, o que é meio reconfortante.

— Não é verdade — diz ele, baixinho. — Você não pode dizer uma coisa dessas. Olha, Janie. A gente não precisa falar sobre o que aconteceu. Eu nem vou perguntar, se você quiser. Mas meu Deus, Janie, se você não acha que... que eu...

— Você nunca foi — digo, pressionando meu corpo contra o dele, fazendo com que seus batimentos cardíacos entrem no meu corpo e sacudam minha coluna. — Você nunca me conheceu, Micah. Não de verdade. Você ama a sonhadora, a pintora e a ninja que pulava na sua janela. Mas e se essa garota não for de verdade? E aí? Você não ama a escrota. Você nunca a conheceu.

Ele ri uma risada tão grave que eu a sinto pelo corpo inteiro. Ele mergulha o rosto no meu cabelo e eu sinto o movimento da sua boca quando ele responde:

— Acredita em mim, Janie, eu conheci.

Eu não discuto, mas acho que não é verdade.

depois

6 DE DEZEMBRO

— Micah? Micah, você está me ouvindo?

— Estou – digo.

Acho que digo:

— Cadê você?

Alguém suspira. Ultimamente sempre tem alguém suspirando perto de mim. As luzes são claras demais, uma claridade que dói. As luzes estão girando, mas não o resto; nada está girando, mas está tudo balançando.

— Posso dormir agora? – pergunto, mas não ouço a resposta.

Janie Vivian está morta.

Quando eu acordei no hospital, no dia depois da fogueira, a primeira coisa que perguntei para Dewey foi se ela estava lá. Agora eu lembro. Minha cabeça doía porque tinha arrebentado quando Dewey me socou e eu caí no chão, mas eu não sabia. Eu não me lembrava de nada depois do dia em que ela se mudou.

Estava chovendo e eu queria saber se podia vê-la. Se ela estava na mesma ala que eu. Dewey me disse que não. Finalmente, finalmente eu soube que ela estava no necrotério, então o mundo explodiu e se reconstruiu sem esse detalhe.

Os médicos, as enfermeiras me contando de novo. Eu lembro, dói. Eu me lembro de como doeu apocalipticamente toda vez, todas as vezes que me disseram que ela estava morta. Janie Vivian está morta. Eu me lembro do meu pai sentado ao meu lado e dizendo, em sua voz baixa, que na noite da fogueira Janie Vivian caiu na pedreira e nunca voltou. Todo mundo me contava e eu esquecia toda vez.

Finalmente, pararam de tentar. Eu conseguia entender um mundo no qual ela estava no Nepal, mesmo que não conseguisse entender por que ela não respondia minhas mensagens. Eu conseguia entender um mundo no qual ela estava distante, mas não perdida. Eu não conseguia entender um mundo sem ela.

Eu me lembro de esquecer.

E tem mais.

Meu Deus, tem muito mais.

— Dewey? Merda, Dewey. Dewey.

— Tô aqui. Micah, tá tudo bem. Vai ficar tudo bem, estamos indo pro hospital. Estamos em uma ambulância porque você é alto pra porra e não consegui te carregar. Idiota. Vai ficar tudo bem.

— Dewey, o incêndio.

— É, vamos falar do incêndio depois. Volta a dormir. Não, espera. Merda, ignora o que eu disse. Não volta a dormir. Você me ouviu? Micah. Fica acordado. Estamos indo pro hospital, ok?

— Não. Não, não, não, eu não quero voltar pro hospital. Eu não quero, não quero. Ai, meu Deus, Dewey, acham que eu sou culpado pelo incêndio?

— Não importa agora, cala a boca...

— Dewey, eu lembrei. Eu estou começando a lembrar. Eu lembrei que a Janie morreu. Meu Deus, ela morreu. Ela se afogou. Você me contou várias vezes.

— É, você sempre esquecia. Você está bem fodido, ok? Fica calmo.

— Mas eu me lembrei do incêndio também.

— Micah, não...

— Eu me lembro de um fósforo. Dewey, eu lembro que larguei um fósforo. Eu te contei? Eles acham que eu comecei o incêndio e eu me lembro do fósforo. Eu só não lembro quando. Eu não lembro.

— Micah...

— Mas eu não faria isso. Eu não botaria fogo na casa dela. Por que eu botaria? Eu não faria, mas e se eu tiver feito? Fui eu?

— Micah, *merda, cala a boca.*

As lembranças não voltam, elas submergem. Explodem e voltam aos seus lugares.

Meu pai de terno, a gravata apertada demais. Vindo me ver antes do velório.

Flores amarelas na escola, morrendo por todos os lados.

Pessoas carregando pedras nos bolsos, escrevendo frases da Virginia Woolf nos braços.

Os bilhetes que escreveram para ela e colaram na parede da cantina. A sopa respingando neles quando Ander bateu em mim.

Entender, mesmo que por um instante, que ela morreu. Ir para a pedreira para ver onde a água subiu ou onde ela escorregou, esquecer que ela tinha se afogado no meio do caminho.

Esquecer foi fácil. Lembrar é mais difícil, mas não tão apocalipticamente
 dolorido
 quanto saber que ainda tem mais por vir.

O Diário de Janie Vivian

~~Morrow e Lietrich, Advogados Associados~~
~~920 Niagara Road~~
~~Waldo, IA 50615~~
~~(319) 555-8372~~

~~Ghomp Schumacher Krumke Advocacia~~
~~34 Main Street~~
~~Waldo, IA 50615~~
~~(319) 555-3854~~

~~Kirk Olsen, Advogado~~
~~4300 North 14th Street~~
~~Cedar Falls, IA 50613~~
~~(319) 555-0770~~

~~Joshing e Jones, Sociedade de Advogados~~
~~275 South Bend Boulevard~~
~~Des Moines, IA 50301~~
~~(515) 555-2861~~

antes

13 DE OUTUBRO

Eu espero no carro do Micah até 7h57, mesmo que a gente chegue às 7h35 e ele desista de me perguntar por que não quero ir e saia às 7h40. Eu me encolho no banco do carona, abraçando meus joelhos. Às 7h57, eu me desenrosco e corro até a escola. Era de se esperar que os corredores estivessem vazios a essa hora, mas não, parabéns, Janie, ótimo plano. *Todo mundo* está no corredor, correndo, empurrando e tropeçando, e sei que não estão olhando para mim, mas... Eu queria que os corredores estivessem vazios. Eu não quero encostar em ninguém.

Eu entro na sala do Sr. Markus. Eu vou para meu lugar, ao lado do Ander.

Bem ao lado dele.

Eu me sento. Cruzo as pernas e embolo os braços em um nó.

Ele está espalhado, ocupando mais do que a cadeira, as pernas escancaradas e por todos os lados, e eu sinto seu calor, ouço sua respiração. Eu fico sentada prendendo a respiração pelo máximo de tempo possível, mas quando não consigo mais, engasgo, porque consigo sentir o cheiro. Sinto o cheiro da sua alma empesteada por vermes.

Eu acho que vou vomitar. Eu acho que vou sair correndo. Eu acho que vou explodir e cobrir a sala com pedacinhos de Janie.

Mas eu não vou chorar.

Ele nunca, nunca, nunca vai me fazer chorar de novo.

Foi o que eu decidi de manhã, enquanto me arrumava para a escola no porão do Micah. (O que foi uma ótima solução, por sinal. Muito melhor do que meu plano brilhante de dormir perto da Metáfora. Tem uma plataforma escondida do vento, debaixo da ponte, e parecia até romântico: dormir sob as estrelas, só eu, o mundo e a hipotermia. Eu teria dormido lá mesmo. Eu nunca mais vou morar com meus pais.)

Eu não sei como ele explicou para o pai. Ele me arrastou para casa com ele depois da minha crise na Metáfora. Ele e o pai conversaram por um minuto enquanto eu esperava no outro cômodo roendo as unhas, então o Sr. Carter apareceu, disse oi, acenou com a mão esquisita sem o osso do bom senso e perguntou se eu precisava de alguma coisa e, quando eu disse que não, foi trabalhar no Pick 'n Save e eu e Micah vimos desenhos animados debaixo de um cobertor que a vó dele tinha feito.

Ander se vira. Ele está olhando para mim. Seus olhos de mel me envolvem em teias grudentas. Eu olho ao redor procurando Piper, rápido, palavras, conversar com alguém, olhar para outro lugar, mas ela não está na cadeira ao meu lado.

Não. Ela está do outro lado da sala, segurando um copo do Starbucks.

E. Ela. Não. Trouxe. Um. Para. Mim.

— Vamos lá — diz o Sr. Markus de trás de sua mesa. — Bom, como as três pessoas que consultam o site da matéria devem saber, hoje deveria ser uma aula para trocar comentários sobre a primeira versão dos seus trabalhos finais, mas como essas mesmas três pessoas são as únicas que me entregaram o trabalho, meu plano não vai funcionar.

Ele suspira, um longo suspiro que carrega toda a decepção no mundo que restou depois de eu pegar minha parte.

— Vamos! Peguem os laptops. Escrevam.

Eu não escrevo. Pego meu diário e começo a folhear. Lá, em pedacinhos, espalhados por páginas e páginas, estão minha autobiografia em fragmentos de contos de fadas e um artigo quase pronto sobre milagres de contos de fadas, com todos meus rabiscos de universos e oceanos e corações.

"Milagres", começa um deles, "não pertencem a religiões. Milagres pertencem aos desesperados e é por isso que toda religião, toda filosofia e, principalmente, todo conto de fadas *sempre* tem um momento de salvação, de eureca, de iluminação. Estamos todos correndo e correndo atrás de nossos rabos, correndo e correndo em círculos, até um lobo ou a bruxa ou a madrasta aparecer e nos fazer tropeçar, e nós caímos de cara no chão, *splat*, nus e sangrando e sem ar e, finalmente, finalmente, olhamos e vemos o que quer que seja – salvação ou eureca ou iluminação ou um caçador ou um príncipe ou um sapatinho de cristal – na nossa frente. É isso que são os milagres. Não soluções, mas catalisadores. Não respostas, mas possibilidades."

Esquece os contos de fadas. Andersen e Grimm e Perrault – eu podia ter construído mil pares de asas dessa merda linda.

Abro uma nova página no diário. Escrevo TESE no alto e sublinho três vezes para dar destaque e uma quarta vez para dar sorte, por hábito. Começo de novo.

"Milagres não pertencem a contos de fadas. Milagres pertencem aos desesperados, porque só os desesperados acreditam nessa merda."

Pronto.

Fim do trabalho. Espero ganhar um Pulitzer qualquer dia desses.

Ander ainda está me olhando.

É tudo tão comum, estou até usando os mesmos sapatos.

Levanto minha mão. Todo mundo na sala olha para mim, exceto o Sr. Markus.

Eu tusso. Ele não olha.

– Sr. Markus – digo, finalmente.

Ou, melhor, sussurro. "Vamos lá, voz. Funciona."

– Posso ir ao banheiro?

Ele faz que sim com a cabeça sem levantar os olhos da lista de notas. Pego meu material e saio pela porta.

Atrás de mim, alguém murmura:

– Teste de gravidez, Janie?

É Ander. Eu sei que é Ander.

Eu não olho para trás. Eu paro no banheiro e me pergunto se preciso *mesmo* de um teste de gravidez, mas não, não posso pensar sobre isso, não vou chorar, que merda, não vou não vou.

Vou para a sala de artes. Entro no meu estúdio e olho ao redor. E então eu explodo.

Pedacinhos de Janie são assim: lápis de carvão quebrados e potes de verniz vazios no chão. Papel, papel por todos os lados, penas rasgadas e restos de projetos. Um bule quebrado que não precisa de tampa. Um mapa de argila despedaçado de um mundo despedaçado. Potes de porcelana esmagados.

Uma argila coberta de pentagramas da sorte, runas viking e feitiços antibruxas que eu jogo na parede com toda a força que tenho, tanta força, tanta que não se despedaça, não se destrói, se dissolve. Vira poeira e eu me afundo nela e fecho os olhos.

Eu deixo as asas intactas.

Eu tenho que terminar as asas.

Eu tenho que terminar alguma coisa.

Eu viro para o lado e tiro o cabelo do rosto.

Só um milagre.

Vou almoçar porque estou com fome. Estou com fome e quero comer e ninguém vai me impedir com as costas curvadas, os sussurros e os olhares. Eu posso fazer o que quiser. Eu posso fazer tudo que quiser.

Até a moça da cantina olha estranho para mim. Ela se esquece de me dar um biscoito.

Quando chego à mesa, não tenho mais energia para sentar. Eu colapso. Eu sou um saco de ossos e roubaram minha espinha dorsal. Estavam falando sobre o baile, sobre vestidos e reservas para jantar, mas pararam quando eu estava me aproximando.

— Ei — digo, olhando ao meu redor. — Cadê a Piper?

Um silêncio um pouco longo demais. Finalmente, Katie responde:

— Ela foi embora. Estava com cólica.

— Ok, Janie — diz Carrie Lang, seu cabelo comprido encostando na mesa quando ela se inclina na minha direção. — O que aconteceu? O que está rolando? Foi o Ander?

Carma. Cara, eu sabia que você existia. Eu sabia que encher o quintal da Carrie de balões era um investimento no futuro.

— É verdade que vocês transaram e você deu um pé na bunda dele porque ele era péssimo? — pergunta.

Pisco. Pisco de novo.

— Oi. Quê?

— Foi isso que aconteceu? — pergunta. — Janie, você sabe que podia ligar pra gente. Foi sua primeira vez, né? Flor, você devia ter *me ligado*. Doeu muito? Ou ele era ruim mesmo?

— O que ele disse?

— Ander? Não sei, ele não respondeu minha mensagem. Mas o Goza disse que vocês transaram e você pirou e deu um pé na bunda dele. Janie, meu Deus, não acredito que você não me ligou!

— Ele era minúsculo, não era? — pergunta Blair, comendo um pedacinho muito pequeno de salada. — Eu sabia. Os mais gatos são sempre propaganda enganosa. Eu vivo dizendo isso.

Estão todas inclinadas na minha direção agora, Blair, Sadie, Kelsey e Meredith. Elas piscam seus olhos enormes e esperam que eu conte para elas tudo sobre Ander e eu. Ander e Janie.

Não.

Imagino a cena: eu, com uma marreta gigante, acertando a cabeça de cada uma delas, num bate e volta, até que elas liberassem um fluido vermelho que lembrasse a primeira vez.

Eu quero dizer alguma coisa, algo devastador e brilhante e que acabe com a conversa, mas seria propaganda enganosa. A imagem real seria mais ou menos assim: elas e seus olhos de toupeira e narizes contorcidos, eu com minhas entranhas despedaçadas na sala de arte, meu cérebro derretendo na bandeja do almoço e minha boca pegando todas as moscas que voam perto da lixeira. Nesse momento, eu sei que fiz a coisa certa ao riscar os números daqueles advogados todos. Quem vai tomar meu partido? Ninguém em Waldo. Ninguém aqui. Ninguém que me viu correndo atrás dele desde o nono ano, flertando a cada oportunidade, beijando na competição. Beijando beijando beijando.

Fecho a boca, abro de novo, fecho de novo e no fim das contas pego minha bandeja e vou embora. Considero o banheiro, mas, eca, quem realmente almoçaria numa cabine de banheiro fora de um filme adolescente dos anos noventa? Que nojo. Eu mal consigo passar pela porta sem querer vomitar.

Olá, universo. Eu sei que você não dá a mínima. Mas você me deu o filme adolescente dos anos noventa errado.

Eu não quero esse.

Eu não quero essa merda.

Eu só não posso ficar nessa mesa. Eu não consigo respirar. Mas... Ali! Micah! E Dewey! Eu até fico feliz em ver Dewey! Eu não sabia que eles almoçavam no corredor! Ok, eu sabia. Mas eu finjo que não sabia enquanto ando até eles. Eu finjo e finjo e finjo.

— Olha — está dizendo Dewey enquanto eu me aproximo. — Eu só quero dizer que *ela é assim*. Cara, ela é... *aquilo* faz tanto tempo que provavelmente nem lembra qual é a verdade. Ela não mudou nada, Micah. Vocês dois são tão parasíticos que nem se dão conta. Tira a cabeça do rabo. Só porque ela dá em cima de você não quer dizer que você tem mesmo uma chance. Ela dá em cima de todo mundo.

Rápido, consigo fugir? Não, Micah já me viu. Ele cora tão rápido que chega a ser engraçado. Eu perco o ar por um instante, mas me forço a respirar.

Largo minha bandeja ao lado do Dewey e digo:

— Eu não dou em cima de você.

— É, bom, porque eu não gosto de garotas.

Ele nem finge ficar com vergonha ao me ver. Ele morde mais um pedaço de pizza antes de voltar a falar, não comigo:

— Faz o que você quiser, cara. Mas vou te esperar com a placa EU AVISEI quando ela foder com você de novo.

Placa metafórica, eu digo para mim mesma. Eles não têm uma placa de verdade.

Ou têm?

— Cala a boca — resmunga Micah.

Ele não olha para mim. Por que ele não olha para mim? Eu o cutuco com minha alma. Ele continua sem olhar. Mas ele fala na minha direção:

— O que você está fazendo aqui?

— Ela está aqui porque ninguém ali quer sentar com ela — diz Dewey.

Será que ele sempre mastiga com a boca aberta? Pedaços de pepperoni e massa molhada de pizza entre os dentes, rangendo e rangendo quando ele continua:

— Pelo mesmo motivo que a gente está aqui. Né? Cameron está contando para todo mundo que te deu um pé na bunda porque vocês transaram e você disse que era estupro porque se arrependeu no dia seguinte. É verdade?

Ele olha nos meus olhos.

Não é totalmente de *propósito* que eu jogo minha bandeja de almoço na cabeça dele.

— Vai se foder — digo, minha voz perfeita, tão fria, tão incrivelmente vazia. — Vai cuidar da sua vida, Dewey, e para de correr atrás do Micah. Ele não te ama.

Ele *me* ama.

Então eu vou embora. Brincadeira. Eu saio correndo de lá. Eu vou direto para o estacionamento, pego meu telefone e começo a procurar no Google como roubar um carro. Micah pode pegar uma carona para casa. Eu vou levar o carro dele.

Estou lendo a página da Wikipédia, segurando a respiração porque tenho que me manter calma até estar no carro indo embora, quando de repente...

— Janie.

Eu grito e deixo o telefone cair e fecho os olhos e tiro um instante para mandar meu coração *ficar quieto*, porque não é Ander e nem Dewey, é só Micah. Só Micah.

Ele se abaixa para pegar meu celular e franze as sobrancelhas.

— Você ia roubar meu carro?

— Ia – suspiro. — Mas é muito mais complicado do que os filmes me levaram a acreditar.

— Quem diria – diz ele, entrando no carro. — Vamos lá.

Entro no banco do carona.

— Metáfora?

— Claro.

Vamos até lá em silêncio. Eu olho para minhas mãos. Tem quatro arcos perfeitos, onde minhas unhas se cravaram na pele, e uma linha da vida normal. Perfeitamente reta, de tamanho médio. Eu achava que o destino era fluido, porque não é essa a mensagem de todos os filmes da Disney e desenhos animados que passam na televisão? Você faz escolhas. Você decide como será sua vida. Eu sempre achei que sua linha da vida mudaria se algo mudasse, *bum*, algo dá errado e a linha na palma da sua mão se entorta toda. Não. Continua igual.

Bom, pode ir se foder, destino.

Cravo as unhas na minha palma de novo e olho para a frente. Quem consegue ficar mais tempo sem piscar. Vamos lá, universo. Eu e você, aqui, agora.

Micah estaciona um pouco antes do que de costume e a Metáfora parece ainda menor. Eu saio do carro. *Blam*. Ele fecha a porta com o maior cuidado do mundo, como se para se desculpar pela minha batida. Enfio as mãos no bolso e ando na direção da pedreira, ele segue e paramos bem na margem das pedras. Eu nem preciso mais levantar a cabeça para ver o topo.

– Sabe de uma coisa – digo finalmente. – Na real é feia pra cacete.

– É, acho que sim – diz Micah.

– É só um monte de merda.

Mas Micah não está mais olhando para a Metáfora, está olhando para mim. Seus olhos estão enormes e preocupados, ele diz meu nome e eu olho para o céu e me pergunto: "Quantas vezes uma mesma pessoa pode explodir?"

Aqui uma reflexão metafórica: eu não quero mais olhar para o alto da Metáfora. Eu não devo olhar para o alto de nada. Eu não devo querer subir até o alto de uma merda que nem deveria existir e não é assim que eu queria chegar ao topo, de qualquer forma. Eu queria subir até o topo de uma montanha. Isso mal é um montinho. É uma pilha de pedras rejeitadas que deviam ter se afogado com o resto da pedreira.

– Janie, o que... Janie, que porra é essa? Janie, para, Janie...

Eu enfio as mãos e puxo. Eu agarro, eu jogo, eu chuto, eu mergulho de novo e de novo e eu xingo, eu xingo, eu xingo pra cacete, eu vou botar isso tudo no chão.

Eu não sei quando comecei a chorar, mas não me importo mais, não me importo com não conseguir parar, não me importo com não conseguir enxergar. Eu não preciso enxergar. Eu só preciso me livrar disso. Eu preciso destruir. Eu preciso... Eu preciso...

E então Micah está me puxando para longe e talvez eu esteja gritando, um furacão, pernas e punhos e explosão, mas dessa vez ele sabe exatamente o que fazer com os braços e os põe ao meu redor. Minha cara está no casaco dele e o casaco dele cheira aos cigarros de Dewey, a chuva e talvez um pouco a maconha, mas cheira principalmente a ele, a lustra-móveis, cera de abelha e meu.

— Meu Deus — soluço nele. — Dane-se tudo, Micah.

Ele apoia o queixo em cima da minha cabeça.

— O que houve? — pergunta em voz baixa. — Me diz o que aconteceu.

— Não — soluço.

Por que dizer?

E é isso que é especial no Micah. Ele deixa as coisas como estão.

depois

15 DE DEZEMBRO

Terapia obrigatória não é a pior pena por embriaguez como menor. O meu julgamento é até fácil. O juiz só me manda ver a Dra. Taser por mais algumas sessões.

A Dra. Taser diz que agora que eu comecei a lembrar, posso começar a melhorar também. É besteira, porque não é a primeira vez que escondi coisas da minha memória.

— Meu pai escolheu meu primeiro nome porque era o nome do pai dele e minha mãe escolheu meu segundo nome em homenagem ao mês favorito dela — contei na minha última sessão. — Ela morreu quando eu tinha três anos e eu não tenho nenhuma memória dela. Eu devia, mas não tenho. Era pra começar a guardar essas merdas na memória aos dois anos, por aí, né?

— Micah, sem palavrão — diz a Dra. Taser, gentilmente.

— É, desculpa. Então, minha mãe morreu em um acidente de carro. Teve, tipo, uma tempestade de granizo no dia anterior, alguma coisa assim, e ela queria visitar meus avós e ia passar o dia todo lá, né? Meu pai estava tendo um caso com uma moça que morava no bairro. Ela fazia bolinhos de limão pra gente. Esses bolinhos de limão superdeliciosos, sabe? Então, enquanto minha mãe estava morrendo, ele estava transando com uma vizinha e eu estava com a babá, que também era nossa vizinha. E quando ligaram do hospital, ele não atendeu porque o telefone estava no primeiro andar e ele estava no segundo andar transando... Tá, ok, você entendeu. Então ele termina o que deve ter sido uma transa ótima, espero que a foda tenha valido a pena...

— Micah...

— ... e acontece que a mulher dele morreu. Ele nunca superou. A gente se muda pra Waldo. E ele me conta isso tudo, tipo, no terceiro ano do fundamental. Uma confissão, sei lá, como se fosse consertar a merda que ele fez e... Sei lá. No dia seguinte, esqueci. E ele continuou me contando e me contando e eu continuei esquecendo. Eu não lembro quando finalmente comecei a lembrar o que tinha acontecido com ele e com a mamãe. Eu parei de falar com ele quando lembrei, isso eu sei. Não é como se eu tivesse muito a dizer antes, de qualquer forma. Mas, merda, eu sei que devia me importar, mas não me importo. Então, é, isso sou eu. Ah, e eu estou bem agora. Essa terapia está ajudando muito.

Hoje é minha última sessão obrigatória. Eu paguei ao governo o dinheiro que devo por fazer danos ao meu corpo com mais de catorze bebidas por semana, eu fui às sessões de terapia, eu concordei com ser responsável daqui pra frente. Eu vou para o consultório da Dra. Taser, onde ela me espera com o iPad na mão.

— Você quer beber alguma coisa? – pergunta. – Água? Café?

— Eu só quero dar no pé – digo, e sorrio como se fosse brincadeira.

Eu não sou convincente e ela não se convence, mas fazer o quê? Nós dois continuamos a sorrir.

— Desculpa – digo. – Muito cansaço.

A Dra. Taser concorda com a cabeça, como se entendesse.

— Você quer falar mais um pouco da Janie hoje? A gente pode tentar outra boa lembrança?

Eu olho para ela. Seus olhos estão escuros, sua cabeça virada para o lado, sua postura o mais receptiva que uma postura pode ser. Eu pergunto:

— Você já dissecou um coração de ovelha?

Ela parece assustada, mas eu continuo:

— Nem eu. A gente precisava fazer isso na aula de Anatomia e Fisiologia, mas... bom. Não importa. Eu não queria. Eu peguei essa matéria porque a Janie quis pegar. Enfim, eu dissequei pela internet hoje e tinha essa imagem de um coração humano sem gordura nem músculo na abertura do laboratório. Eram só as veias.

— E você queria que a Janie tivesse visto? – pergunta a Dra. Taser, digitando no iPad.

— Ela já viu – digo, e tanto a Dra. Taser quanto a Janie me olham, confusas. – Ela viu no sétimo ano, no Parque Nacional Lorraine Bay.

Eu contei para ela sobre a gente, sobre aquele dia. A mãe do Ander Cameron tinha sido nossa responsável. Ela era uma boa pessoa. Ela levou biscoitos. Não sei o que deu errado com o Ander. Enfim, a gente coletou amostras de rocha e de terra e identificou plantas e tal, e depois a gente almoçou numa colina enorme. Janie tinha um lanche pronto, nachos e uma barrinha de chocolate de sobremesa. Eu lembro porque fiquei com inveja. Meu pai tinha me dado um sanduíche quente de presunto que não devia ser quente. Depois, todo mundo começou a descer a colina rolando. Dewey me convenceu a ir junto, mas na verdade doeu muito, não era que nem uma colinha lisinha do clube. Tinha árvores. Tinha galhos no caminho e insetos debaixo de folhas podres e plantas venenosas. Então finalmente Dewey me deixou pra trás, o que ele sempre fazia, e eu parei no alto da colina e olhei para cima.

– O que você está fazendo?

Eu pulei quando Janie sentou ao meu lado e olhei ao meu redor.

– Ninguém está prestando atenção – disse Janie, se explicando. – Está todo mundo ocupado se esfregando em planta venenosa. Espero que o Robbie fique com o pinto envenenado.

Ela e Robbie tinham acabado de terminar. Meu Deus, eu lembro que olhei para ela, olhei e me perguntei como ela conseguia, como ela estava sempre tão confortável. A gente tinha visto aquele vídeo de educação sexual na semana anterior, e o Sr. Endero tinha pedido para todo mundo dizer "pênis" três vezes, sem rir, para entrar na sala. Eu contei para Janie e ela me olhou direto nos olhos e disse:

– Pênis. Pênis. Pênis. Vê se cresce, Micah.

Eu não conseguia. Talvez fosse por isso que ela estava me deixando para trás.

— E aí? — disse Janie. — Para o que você estava olhando?

Só o céu, na verdade. Acima da gente só tinha galhos enrolados e céu. Eu estava prestes a dizer isso quando ela estendeu os braços e respirou fundo.

— Ah — sussurrou ela, e eu não precisava mais olhar para cima. — Eu vejo. Eu sinto agora, Micah. Como se o céu estivesse caindo. Meus pulmões doem. O céu está caindo e minha respiração é pequena demais para esse ar todo. Micah... você está sentindo? O mundo está crescendo. Eu estou sentindo.

E ela caiu para trás. O chão fez um barulho e eu surtei, porque ela disse que o mundo estava crescendo e eu achei que a terra ia engoli-la. Levá-la embora.

Mas não levou. Nós ficamos olhando para o céu e escapamos das plantas venenosas.

— O coração de ovelha era bem assim — digo para a Dra. Taser. — Parecia as árvores.

— Parece mesmo uma boa lembrança — diz ela, mostrando-se satisfeita pela primeira vez.

Não é boa, exatamente, porque a Janie não sabe que as árvores pareciam um coração e nunca vai saber porque nunca vai fazer a dissecação porque está morta e enterrada e eu não lembro bem como isso aconteceu. Mas esse é um bom jeito de terminar.

Dou de ombros.

— Acho que sim. Depois disso eu voltei para o ônibus.

Ela pisca.

— Por quê?

— Porque ela queria. A gente não devia conversar em público. Os outros pararam de rolar pela colina, então eu tinha que ir embora. Eu a deixei. É o que amigos fazem.

Mas não é o que amigos fazem, e a Dra. Taser me empresta o iPad para eu procurar "amizade" no Google como prova. Ela bota um caderno na minha mão e diz que escrever o que lembro vai ajudar. E então, finalmente, ela me deixa ir embora.

Na sala de espera, me sento no sofá e espero Dewey. Minha carteira ainda está suspensa e meu pai está trabalhando, mas Dewey se ofereceu para me dar uma carona, provavelmente porque ele é o motivo pelo qual estou aqui.

— Oi — cumprimenta ele quando estaciona na frente do prédio. — Consertou sua cabeça? Pronto para beber com responsabilidade?

— Toda aparafusada e pronta para ser morta por álcool — digo, sentando no banco do carona. — Acho que você está me devendo.

— Não tenho mais o canadense, mas tenho o uísque mais barato de Iowa na mala. Só... vai com calma, tá?

— Janie está morta — digo.

Ele não tira o olhar da estrada.

— Você mencionou.

— Eu me lembro da fogueira — digo, olhando para minhas mãos, dedo a dedo, contando. — A fogueira. Eu lembro quase tudo que aconteceu antes, acho. Aquela semana ainda está meio confusa, mas lembro que a Metáfora estava sumindo. Meu Deus, ela estava uma fera.

Paro um pouco e espero Janie dizer alguma coisa, mas ela também sumiu.

— Nosso aniversário, as asas dela. Mas a fogueira, Dewey. Aquela noite, na casa dela. O que aconteceu?

Ele encara a rua. Eu encaro ele.

— A gente brigou — falo devagar. — Você me socou. Isso aconteceu mesmo?

Dewey leva tanto tempo para responder que quase tomo o silêncio dele como negação. Mas finalmente ele desvia o olhar da estrada e apoia a cabeça no volante e eu devia me preocupar mais do que me preocupo.

— Sim — diz ele.

Eu mal o ouço.

Eu o encaro até ele levantar a cabeça do volante e endireitar o carro na pista certa.

A Janie me disse uma vez que todo mundo tem segredos. "Os nossos só são maiores do que os dos outros."

Talvez ela estivesse errada.

— Dewey, você tem uísque? — pergunto.

Ele faz que sim com a cabeça e suspira.

— Você ainda não parou com isso.

Provavelmente, a gente voltou para minha casa e jogou Metatron: Areias do Tempo e bebeu, mas eu não lembro de nada disso. Na manhã seguinte, a gente está com uma ressaca horrível e uma garrafa vazia de uísque, mas, pelo menos, nenhum de nós dois foi embora.

O Diário de Janie Vivian

Era uma vez uma princesa que não foi salva. Eu não sei o que dizer sobre ela, porque sua história nunca foi escrita. Talvez ela tenha sido devorada pelo dragão. Talvez o príncipe não tenha chegado a tempo para salvá-la. Ninguém quer ler esse conto de fadas, então ninguém o escreveu.

Ou talvez a verdade seja que nenhuma princesa é salva, nunca. Talvez não existam felizes para sempre, afinal.

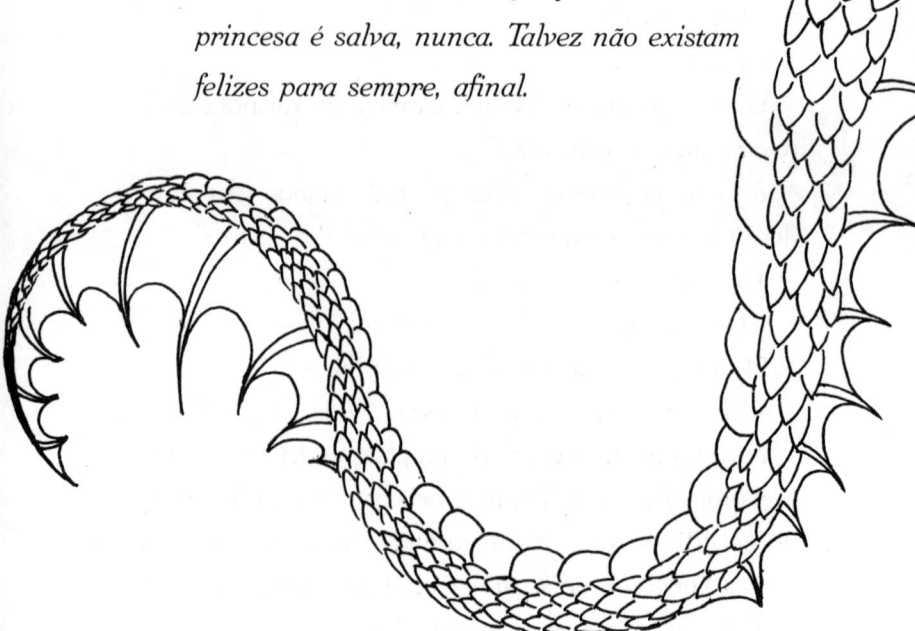

antes

15 DE OUTUBRO

O Sr. Markus me fez esperar depois da aula para perguntar por que o trabalho que eu entreguei não tinha nada a ver com a minha proposta. Ele provavelmente também queria saber por que só tinha dezoito palavras, mas eu também não tinha uma boa resposta.

— Este não é o projeto que você propôs – diz ele. – Isso nem é uma tese.

— Você disse que era um projeto adaptável – eu lembro a ele. – Você não quer que evolua naturalmente?

— Você ainda me deve uma autobiografia – ele me lembra. – Vou poder ler seus contos de fadas desconstruídos em breve?

— Provavelmente não – digo. – Não são muito emocionantes. São meio patéticos, na verdade.

Ele deixa o papel de lado e arruma a mesa para não ter nada entre nós. Ele cruza as mãos.

— Como vão as asas, Janie?

As asas.

Ah, as asas.

Na verdade, elas estão lindas. Elas não estão prontas, nem perto, mas estão lindas. Eu recortei um exemplar de Grimm e um de Andersen e estou começando o de Perrault. É um processo muito mais lento quando estou sozinha porque sempre quero ler as páginas antes de recortar. As asas em si estão no estúdio e só um lado está coberto de penas. Estão lindas, mas será preciso um milagre para estarem prontas.

Eu me distraio com os contos de fadas, lendo do era uma vez ao felizes para sempre, e é difícil porque não estou encontrando muitos milagres. Muita gente nunca se salva. Muita gente acaba sem os dedos ou os calcanhares, ou enfiada em barris cobertos de pregos jogados de uma colina, ou amaldiçoada ou queimada ou esquecida. Adivinha quantas dessas são mulheres.

(Muitas.)

— Estão andando. — É tudo que digo.

Mordo minha unha. Nunca fui muito de roer as unhas, mas elas estão bem destruídas agora.

— Janie — diz o Sr. Markus em sua voz áspera. — Do que você precisa?

Eu quase choro.

Tanta gente me perguntou se eu estou bem sem querer uma resposta, ou se ofereceu para ajudar sem querer fazê-lo. Carrie e Micah e as garotas da nossa mesa de almoço quando eu passo por elas nos corredores, minha cara sempre vermelha de tanto prender a respiração. Ninguém perguntou do que eu precisava. Nem Micah.

Eu quero muitas coisas. Eu queria que meus pais me ajudassem e eu queria não ter tomado aquelas últimas doses. Eu queria ter nascido com fins, eu queria ter nascido com bons fins, eu queria terminar as asas, eu queria nunca mais ver o Ander, eu queria que a Metáfora não estivesse desaparecendo. Eu queria que o tempo passasse mais rápido e eu queria que parasse totalmente, mas precisar? Precisar é outra coisa.

— Eu preciso saber o segredo da felicidade — digo. — Eu não posso esperar a formatura, eu preciso saber agora.

Por um segundo, acho que ele vai negar. Mas então ele se inclina para trás na cadeira de rodinhas e cruza as mãos sobre a barriga.

— Eu não planejava me tornar professor — diz ele.

Eu espero.

— Eu ia ser corretor de valores.

Por um segundo, fico em silêncio. Então suspiro.

— Sério? Esse é o segredo da felicidade? O mundo é mesmo feito de decepções.

Ele ri.

O Sr. Markus tem uma risada maravilhosa. É uma experiência de corpo inteiro. Ele joga a cabeça para trás e você vê o ar passando por ele e, por um instante, eu pensei: "É isso. Esse é o segredo da felicidade."

— Eu me formei na faculdade de administração e estava prestes a me mudar para Nova York. Eu tinha um emprego me esperando e o caminhão de mudança estava cheio. Eu ia pegar meu avião quando o cara do caminhão de mudança me parou.

— Por quê?

— Ele disse para eu não dar gorjeta — diz o Sr. Markus. — Ele disse que o dinheiro provavelmente não comprava felicidade, mas que eu precisaria de todo o dinheiro que tinha para tentar, porque provavelmente seria infeliz a vida inteira. Então ele pegou o caminhão e eu peguei o carro para ir ao aeroporto, mas não peguei a saída, só continuei dirigindo.

Ficamos em silêncio por um minuto inteiro.

— Não entendi — digo finalmente. — O que aconteceu com todos os seus móveis?

— Não faço ideia — diz o Sr. Markus. — Mas a felicidade é uma escolha. É esse o segredo. É uma escolha.

É mesmo? Sério? Talvez.

Talvez, para os sortudos.

Eu não sou uma das sortudas. Eu posso encher meus bolsos de pedras e me rabiscar toda e botar fogo no universo inteiro, mas não vai mudar nada. Eu não sou uma das sortudas.

Os que não têm sorte têm as seguintes escolhas: fresca ou piranha. Anjo ou demônio. Talvez "escolha" seja a palavra errada — você é sempre uma das duas coisas.

Mocinha ou vilã. É a isso que tudo se resume.

Acho que a pergunta que mais importa é: qual delas vive mesmo feliz para sempre?

depois

16 DE DEZEMBRO

O diário que começo não é que nem o dela. Não tem recortes de revista, colagens e desenhos, não tem planos, não tem promessas. Tem listas. Palavras. Sons. Tudo que eu consigo lembrar. Tudo que parece real.

A maioria dos itens não faz sentido, não o suficiente. Dewey me dando um soco. Água subindo. Fogo, fogo, fogo.

Estou indo mal na escola a distância. Passo o dia todo sentado em frente à minha mesa olhando para o diário e tentando, tentando reorganizar os pensamentos.

Eu escrevo tudo, mas quase nada ajuda.

Dizem que estão só esperando a perícia analisar o incêndio para me prenderem. Ninguém me conta nada.

Eu diria que queria me importar, mas é mentira.

No meu diário, eu escrevo.

Quintal da Carrie Lang. Balões. Caleb Matthers matou aula no dia seguinte, alergia. Alérgico a látex.

Janie e Ander flertando na sala. Ele olhando para o diário dela e a cara dela gelando.

O apocalipse. Música.

Luta livre. Ander apanhando.

O bilhete na minha cama que cheirava a café. Adultos em um barquinho minúsculo.

Metáfora desaparecendo.

Janie com o meu moletom.

Piper correndo e chorando.

A fogueira. Mais de uma?

As asas de Janie.

Eu tinha um fósforo.

Por que eu tinha um fósforo?

Água, fogo.

O que aconteceu com Janie Vivian?

Por quê.

O Diário de Janie Vivian

Era uma vez uma princesa brincando com uma chave perto da água. Ela jogou a chave para cima, pegou, jogou de novo, pegou de novo, até que... não pegou.

Caiu na água, afundando cada vez mais, e a princesa achou que nunca mais veria a chave.

Mas então... um milagre! Um sapo pulou da água e caiu no seu colo. Ele sujou seu vestido, mas trazia a chave na boca.

— Aqui está, linda — disse o sapo. — Eu te fiz um favor. Agora você me deve uma recompensa.

— Tudo bem — disse a princesa. — O que você quer?

— Dormir na sua cama — disse o sapo.

A princesa disse não. Ela prendeu a respiração, o empurrou para longe, correu e trancou bem trancadas as portas do castelo. Mas vocês vão ver que o sapo acabou na cama dela mesmo assim.

antes

16 DE OUTUBRO

Por favor, direcione sua atenção para a fase dez, etapa treze: docinhos. Ander devia me convidar para o baile (*de novo* – ele já devia ter me convidado, mas eu teria deixado bem claro que era necessário confirmar) com um dos docinhos com bilhetes que o grêmio vende para arrecadar dinheiro para a festa. Era para ser entregue no sétimo tempo e a turma inteira deveria me ver dizer sim.

Consegue imaginar?

Sim.

Eu não ganho docinhos do Ander.

Mas eu *ganho* uns trinta dos amigos dele. São entregues em uma pilha na aula de matemática. É tanto doce que faria meus dentes caírem, pirulito de coração em cima de pirulito de coração. Eu abro um e guardo o resto na mochila enquanto a turma toda assiste. Eu mordo o coração, arrancando metade, e olho cada um deles nos olhos. Eles todos evitam meu olhar, um por um. Tudo porque eu aleguei estupro. Engraçado, né? Porque eu *não aleguei*. Eu não disse nada, mas Wes e Ander contaram para todo mundo que sim. Eu decidi não dizer nada, mas a escola toda sabe que eu transei com Ander, e quem acreditaria que eu não queria, né?

O bilhete que acompanha o pirulito que eu mordi diz: "Janie Vivian é uma piranha, Janie Vivian é tacanha, Janie Vivian ninguém quer, Janie Vivian deve morrer."

Não é fofo?

Eu achei uma gracinha.

Baile dos formandos. Meu vestido é coberto de lantejoulas e inacreditavelmente curto. Meus sapatos têm saltos de treze centímetros e eu ia pintar as unhas de vermelho. Eu ia estar linda: devastadoramente, verdadeiramente, loucamente linda. Vou devolver tudo para a loja amanhã.

Micah vai com a Maggie Morgenstern, que não chega nem perto de ser boa o suficiente para ele, mesmo que ele não acredite em mim. Ela é do primeiro ano e acho que ela é pelo menos bonitinha. Ele me perguntou se eu queria ir com eles, mas ele não quer mesmo que eu vá. De qualquer jeito, acho que foi fofo. Ele passa pelo meu armário para garantir que vou ficar bem aqui sozinha, trabalhando nas asas. Bobo, burro e querido Micah, que ainda não entendeu nada. As fofocas estão correndo, se ele tentasse ouvir.

— Me diz o que aconteceu – diz ele às vezes, tão baixo que quase não é em voz alta.

Ele não quer saber. Essa é a verdade. Se ele quisesse mesmo saber ele insistiria um pouco, perguntaria de novo quando eu dissesse que não quero conversar. Mas ele não insiste.

Então, depois que ele vai embora com todo mundo, eu pego minha mochila cheia de pirulitos e vou para o estúdio. Já tinha colocado doze dúzias de ovos no frigobar do Sr. Markus e dito que era para o meu projeto. Ele nem pestanejou.

Originalmente, eu queria jogar um em cada armário no corredor dos veteranos, mas não me pareceu justo. E ninjas são sempre justos. Jogar ovos nos armários dos veteranos da Waldo High não é um "foda-se a sociedade" eficiente. Então eu vou direto para o armário do Ander, onde eu o encontrava todo dia depois da aula de francês. Eu sei a senha do cadeado de cor.

Eu não acendo um fósforo porque sorte não existe e eu não sou sortuda, de qualquer jeito. Eu só abro o cadeado e abro a porta e largo as doze dúzias de ovos lá dentro.

Eu começo com um de cada vez, largando bem do alto nos livros dele e admirando como eles quebram em camadas: casca, clara, gema. Mas são ovos demais, e a partir da terceira dúzia começo a abrir as caixas e jogar todos de uma vez, em uma cascata, por todos os lados.

Sopro um beijo e estou prestes a ir embora quando vejo que ele ainda tem minha foto colada na porta do armário. É a pose clássica das fotos de escola: mexendo no cabelo, sorriso enorme e brilhante, olhos supersaturados. Embaixo, na minha letra, está escrito: "Gostarei de você para sempre, te amarei a vida toda, beijinhos <3".

Bom. Não é verdade.

Rasgo a foto e a deixo em cima dos ovos. Bato a porta. Volto pelo corredor, entro na sala de artes e fecho a porta. Os faxineiros limparam desde que estive aqui na segunda-feira. Minha bagunça sumiu, mas ainda tem muita poeira. Por todos os lados.

Eu me sento no chão e pego os docinhos e meu diário. Copio os bilhetes no Diário Doze, um por página, para investigar e fazer uma lista ninja de ataque. A caneta mancha tudo.

"*Rosas são vermelhas, azuis as violetas, Janie é uma piranha, a maior desse planeta.*"

"*Piranha.*"

"*Puta.*"

"*Vaca.*"

"*Só queria dar. Mas bela bunda. Eu toparia. Você pode me largar depois e eu não vou contar para ninguém. Nem para o Cameron. Me liga.*"

"*Mentirosa.*" "*Mentirosa.*"

"*Mentirosa.*"

Acho que não tenho como discordar.

Quando copio tudo, aliso os bilhetes. Pego as asas, a tesoura e a cola e continuo a fazer penas. E, por um tempo, fico bem. Está tudo bem de novo. Só eu, no meu estúdio minúsculo, com asas que quase não cabem, fazendo penas.

Eu colo as penas novas no alto da asa inacabada esquerda, por todos os lados. Elas ficam espetadas, feias, bagunçadas e desequilibradas, com cola escorrendo por todos os lados, e não cobrem direito a estrutura de bambu e metal, que já está meio solta.

Uma asa está perfeita, coberta por contos de fadas. A outra se desfaz. Colapsa.

Quando finalmente vou embora, está escuro. Não escuro o suficiente para ser hora do jogo de futebol da noite, mas escuro o suficiente para garotinhas não andarem sozinhas. Afinal, isso é procurar perigo. Claro.

— Janie?

Acho que já estabelecemos aqui que Ander Cameron é um ótimo lutador. Mas, naquela noite, acho que não importava tanto. Não acho que foi porque ele era forte. Acho que foi porque eu estava totalmente paralisada. Eu não consigo respirar. Não, não consigo.

Eu achei que era a vodca, mas agora estou sóbria e meus ossos, meu sangue e minha medula ainda estão pesados demais para reagir. Meus pulmões ainda estão quebrados.

Correr? Me esconder? Lutar? O que eu faço o que eu faço o que eu faço? Não consigo correr, porque não consigo me mexer. Não tenho onde me esconder nesse corredor. Lutar? Hahaha. Eu posso me enroscar e me amarrar em nós até ele ir embora. Virar e chutar o saco dele até arrebentar. Andar, continuar andando, e talvez ele ache que se enganou, que não sou eu, e por que não? Quem é Janie Vivian?

— Ah, Janie, vamos lá. Espera. Espera, vamos conversar, tá? A gente pode conversar, por favor?

A mão dele. No meu ombro. Ele está encostando em mim.

Ele me vira para que eu possa olhar para ele. Para que eu possa ver seu lindo, lindo rosto.

— Oi — diz Ander.

"Oi, diz ele."

Ele morde o lábio quando eu não digo nada, lábios perfeitos e dentes perfeitos, cílios piscando como se ele estivesse preocupado. E meus olhos...

Não, olhos, parem. Olhem. Olhem para ele.

– Olha só – diz ele. Ele pigarreia e pigarreia de novo. Um pigarro grave, de homem. – Olha, Janie. Eu só... Eu só queria dizer que... Hum. Olha só. Desculpa, tá?

Ele fica parado ali. Olha só, pernas. Ele está só parado ali. Se vocês fizessem seu trabalho, vocês podiam chutar *fortepracacete* o saco dele e ele nunca mais ia conseguir ficar em pé. Se vocês conseguirem andar um pouquinho, chegar um pouco mais perto, vocês podem impedir ele de machucar qualquer outra pessoa.

Mas eu sou inútil, honestamente. Alguém roubou minha coragem.

– Sai de perto de mim – sussurro, finalmente. *Saidaquisaidaquisaidaqui*.

– Ah, fala sério, Janie. Eu estou tentando pedir desculpas, ok? Eu só... Janie, olha, eu entendi, eu fui meio babaca. Mas, sinceramente, você tem sido uma vaca. Então estamos quites? Tipo. Olha, eu já falei com a Piper, ela não vai dizer nada. A gente pode fingir que não aconteceu nada, se você quiser. Sério, Janie. Eu estou com saudades, sabe?

Ah, que legal. Que...

É então que eu o chuto na virilha. Com toda a força que eu tenho, mas ainda não é suficiente.

Ele está no chão, as mãos cobrindo o saco, ofegando, mas ele está me olhando e ele...

Ele sorri.

– Merda – geme. – Ai, Janie. Ok, acho que eu mereci. Agora estamos bem?

Eu olho para ele. Realmente, era disso que eu precisava. Eu precisava saber o quanto eu valia. Um chute no saco e ele acha que estamos quites.

Dormimos ouvindo contos de fadas, e o mundo roda e gira e o tempo passa e a gente cresce e entende que era tudo mentira. Não existem heróis, princesas ou vilões. Não é tão fácil.

Mas eu acho que desaprendi demais. Não existem rainhas malvadas ou magos vingativos, mas isso não significa que más pessoas não existam. Elas existem. Tem algumas pessoas realmente muito horríveis por aí.

E aqui. Bem na minha frente.

É aí que entendo.

Ninguém vai acreditar em mim.

Ninguém vai me ajudar porque ninguém vai me ouvir, porque Ander contou sua história antes e melhor.

Ninguém vai me salvar ou ferrar com ele.

Eu entendi. Essa é a parte importante. Eu entendo para poder seguir em frente.

— Eu estava muito bêbada aquela noite — me ouço dizer.

Ele ainda está sorrindo.

— É — diz ele, e sua voz é como costumava ser quando ele falava comigo: paciente, brincalhona, implicante, como se eu fosse feita de ossos de passarinho, exceto quando ele está em cima de mim. — Você é mesmo fraquinha pra bebida.

— Acho que sou.

— Então, pazes?

Ele parece quase fofo quando senta direito, fazendo uma careta. Parece quase esperançoso.

– É – digo. – Acho que sim.

"Ande", dou ordens para mim mesma. Ando até ele e escorrego pela parede até o chão, devagar, ao lado dele, deixando o espaço necessário entre nossas mãos para ele saber que estou hesitante, mas aqui. Esperando.

Só falta uma coisa.

– Os bilhetes – digo.

Ele ri. Não, sério. Ele realmente ri.

– É – diz, constrangido, tentando parecer fofo, envergonhado. – Desculpa. Eu estava... Sabe, frustrado. Eu estava com saudades. Estava conversando com o Wes e ele contou para os caras... saiu do meu controle. Eu vou falar com eles. Não se preocupa.

Não se preocupa. Não seria tão fácil? Não seria tão melhor?

Os dedos dele encontram os meus.

As mãos dele começam a passear.

– A gente ainda vai para o baile? – murmura, se aproximando.

O hálito dele é quente contra meu pescoço, e agora sinto mesmo o cheiro dele. Por todos os lados.

– Não posso – digo, pigarreando algumas vezes para normalizar minha voz. – Não posso, meus pais, não vai dar. – Vago, vago. Mentiras não têm detalhes. – Mas eles vão embora logo depois do baile. – O papai está planejando essa conferência há meses, ele vai todo ano, e claro que dessa vez a mamãe vai junto. – Você quer ir pra minha casa?

— Sim — diz ele, quase antes de eu terminar a pergunta.

— Eu estava pensando em fazer uma fogueira — digo. — Todo mundo podia vir depois da festa amanhã. Vai ser legal.

— Ah — diz ele. — Achei que seríamos só nós dois.

As mãos dele passeando, passeando, passeando.

Eu me obrigo a ficar parada. Eu me obrigo a falar.

— Bom, todo mundo vai embora em algum momento.

O rosto dele está encostado no meu, agora, e eu sinto quando ele ri.

— Ótimo — diz ele, sua voz grave, e então ele me beija.

Ele vira, me prende contra o chão e a parede e ele está em cima de mim, meu rosto em suas mãos, minha boca na dele. Eu deixo.

Até que eu finalmente me afasto, quando ele finalmente para pra respirar e eu consigo dar uma desculpa — pais, dever de casa, não sei o que digo para fugir dali, mas fujo dali. Eu sorrio e prometo e me desculpo, e então corro como a Cinderela correu do Príncipe Encantado, com a carteira de Ander enfiada na minha calça jeans.

A vida é uma bagunça e o universo tem muita gente para acompanhar. Às vezes as coisas dão errado. Às vezes coisas ruins acontecem com pessoas boas. Às vezes coisas boas acontecem com pessoas ruins.

Não é justo.

Coisas ruins deveriam acontecer com pessoas ruins.

E elas vão. Elas vão sim.

depois

19 DE DEZEMBRO

Sexta de manhã, Dewey vem me visitar, trazendo brownies de maconha e vinho barato. Eu estou disposto a beber mijo se fizer minha cabeça parar de latejar. É mais fácil tomar um porre colossal e esquecer tudo de novo.

A gente joga um pouco de Metatron: Areias do Tempo. Cada um de nós come um brownie e Dewey decide que vamos andar até a pedreira quando eu digo que não lembro a última vez que saí de casa. A gente joga o vinho em uma garrafa d'água e vestimos casacos.

— Eu sinto falta dela — digo, enquanto andamos pela rua, o vento nos fazendo bater os dentes.

— Jura? — diz Dewey, sarcástico.

Ele vira o vinho e tropeça no meio-fio. As pedras estão escorregadias e ele quase cai, engasgado.

— Meu Deus. Isso é ruim mesmo. Toma.

Eu viro a garrafa e bochecho com o vinho. É ácido demais e forte de menos, doce o suficiente para anestesiar minha boca, mas não minha cabeça.

— Não — digo. — Mas eu não costumo sentir falta dela. Normalmente eu sei que ela está morta, mas não morta o suficiente para eu sentir saudades, sabe?

— Não, não sei — diz, pegando a garrafa de volta.

Eu reclamo e ele troca a garrafa de mão, para eu não conseguir alcançar.

— Cara, você está quase perdendo a noção de novo e eu preciso estar bêbado pra aguentar — continua ele, fazendo um gesto com a mão para que eu fale. — Você estava abrindo o coração, eu acho?

— Vai se ferrar, cara.

— Que sensível.

— Eu não achei que fosse ser assim — digo.

Meu hálito fica suspenso no ar, deixando pequenas nuvens de calor, e eu atravesso as palavras.

— A morte dela, digo — continuo. — Eu sempre achei que eu fosse morrer antes dela. Achei que todo mundo morreria antes dela. Tipo, ela ia ser a única viva na nossa reunião de cem anos de formados, sei lá.

— Para de falar merda. Ninguém vai aparecer numa reunião de cem anos de formados. Porra, ninguém vai aparecer na de cinco anos.

Provavelmente era verdade.

— Olha, cara — diz Dewey quando avistamos a pedreira. — Você tem que, sabe. Viver como se ela estivesse viva, sei lá.

Eu rio.

— Eu não vivia enquanto ela estava viva. Eu jogava Metatron bêbado com você toda sexta.

— De nada — diz ele, me passando a garrafa de novo.

Chegamos à pedreira e andamos na margem da água. Meus olhos doem com o sol e com o gelo, e ainda nada de Janie. Eu a imagino, no entanto. Se tudo tivesse dado certo, talvez estivéssemos aqui hoje, de qualquer jeito. Ela teria entrado pela minha janela e a gente teria vindo de carro para a pedreira trazendo patins de gelo roubados.

É um pensamento agradável, e só Deus sabe como esses pensamentos estão em falta no mundo. Então eu bebo e penso nisso.

— Cara — diz Dewey, com a voz embargada, quando estamos quase terminando a volta da pedreira. — Você está matando o vinho barato todo.

— Não tô — digo, voz embargada também.

Ele tenta pegar a garrafa de mim duas vezes. Finalmente vira um gole e, depois de um tempo, abaixa a garrafa, mas não a cabeça.

— Olha só. Olha o sol. Babaca.

Eu deito no chão para olhar para cima também. A grama está gelada, e o sol está enorme.

— Tem alguma coisa no mundo que você não odeia?

Ele pensa por um tempo.

— Não — responde.

— Janie amava as estrelas — digo.

Mas ela não amava de verdade. Ou talvez amasse, não sei. Se ela amava as estrelas, se ela amava qualquer coisa, era porque queimava.

Eu tomo mais um gole de vinho, mas viro a garrafa demais e entra pelo meu nariz e pela minha roupa. Tudo queima. Eu engoli uma estrela.

"E eu disse para a estrela: me consuma."

Ela que me disse isso? Acho que sim. Provavelmente foi a Virginia Woolf que disse primeiro.

Tomo mais um gole, porque não importa o que Janie Vivian era ou não, porque ela está morta.

O sol está claro demais.

— Acharam o corpo dela? — pergunto para Dewey mais tarde. — Sabem o que aconteceu? Ela caiu na pedreira porque estava bêbada?

Dewey fica em silêncio por um tempo antes de perguntar:

— Tem certeza de que quer saber?

— Por quê?

As palavras soam lentas, deliberadas. Estou aprendendo a falar. Estou lembrando a existência de certas palavras.

— Porque — diz Dewey. — Porque... Nada. Deixa pra lá.

— O que foi? Merda, eu odeio quando você faz isso.

— Só deixa para lá, Micah — diz ele. — Só deixa ela estar morta. Você vai esquecer quando eu te contar de qualquer jeito, então não importa.

Ele pede a garrafa e eu a entrego para ele.

— Merda — diz ele.

Ah, é. Está vazia.

— Seu babaca — xinga ele, jogando a garrafa do penhasco. — Olha, Micah, na noite da fogueira, você... Quer dizer, a gente...

— Você me socou — digo. — Você quebrou minha cabeça. Ele fica em silêncio. Ele pigarreia.

— Olha, Micah, você é suspeito porque estava com ela. Vocês estavam sozinhos, o que foi uma idiotice do cacete, porque ninguém sabe que vocês, tipo, se falavam. Ninguém sabe o que vocês estavam fazendo. Você tá me ouvindo? Cara.

Eu quero olhar pelo penhasco. Eu quero ver se foi a garrafa que quebrou, ou o gelo, ou o mundo. Ou minha cabeça. Pode ser minha cabeça, sinceramente. Mas o mundo está virando ou girando ou caindo ou os três

e de repente o ar está mais frio e preso no meu peito e...

Mas então a mão de Dewey está na gola do meu casaco, me puxando de volta pelo pescoço, e eu sorrio para ele e digo:

— Ei. Valeu. Você salvou minha vida. De novo.

Ele está ofegando, mandando eu me foder, e ele está tão perto de mim, e a Janie está aqui de novo, finalmente, sua voz no meu ouvido e sua respiração fazendo cócegas no meu pescoço, sussurrando:

— Eu estou tentando te dizer — diz ela. — Eu te *disse* que ele estava apaixonado por você.

Os olhos de Dewey são azuis. Muito, muito azuis.

Então eu o beijo e tudo que consigo pensar é que eu devo estar muito, muito bêbado, e que ele tem gosto de cigarros e vinho barato.

Na noite da fogueira, eu estava andando até o meu carro e Dewey me segurou pelo braço. Eu me desequilibrei e quase caí, então puxei meu braço de volta.

— Que isso, cara? Você tá me seguindo?

Dewey responde com o cigarro na boca:

— Caramba, Micah. O quanto você bebeu? Você não se lembra que me mandou uma mensagem? Me dá as chaves.

Ele tenta enfiar a mão no meu bolso e eu quase dou um soco nele.

Eu me lembro do frio e do escuro, de como Dewey estava iluminado pela ponta do cigarro. Eu me lembro disso e da raiva; da fúria intensa e latejando na minha nuca.

Mas não me lembro do porquê.

— Que saco, Micah, entra no carro. Eu quero ir pra casa dormir.

A mão dele está no meu braço de novo e eu penso no que a Janie disse, que o Dewey era apaixonado por mim que nem eu era apaixonado por ela, e como isso era uma merda. Como tudo era uma merda.

— Me larga — digo. — Para de dar em cima de mim, Dewey. Eu não tô interessado.

Ele congela. A mão ainda segura meu braço, mas está começando a doer.

— O que você disse?

— Eu disse pra você parar de dar em cima de mim...

Então ele me socou.

Minha cabeça arrebenta. Explode.

— Vai se foder — cospe ele, os olhos escondidos. — Só... *Vai se foder*, Micah.

Eu aperto os olhos, e o universo sacode antes de focar no rosto dele.

— Ela disse que você estava apaixonado por mim — resmungo. O fogo está quente demais. As luzes estão claras demais. O mundo está derretendo.

— Ela é uma vaca, Micah!

Eu estou quebrado. Eu já estou destruído.

— Ela é psicótica, ela não aguenta a ideia de ter que te dividir, e você continua voltando para ela. Você sempre volta. Por que você acha que ela te afasta sempre que eu te chamo pra sair? Caramba, Micah. Só porque... Meu Deus, como se eu pudesse ser apaixonado por você tendo visto você correr atrás dela, tendo visto o jeito tóxico e nojento que vocês... Foda-se. Vai se foder.

É a última coisa de que me lembro. Acordo no hospital.

O sol está enorme e por todos os lados, queimando meus olhos dentro do meu crânio.

— Ah, nada disso. *Não*. A gente não vai entrar nessa de novo.

Mas a gente entra. Dewey me empurra, eu caio, e dessa vez ele me deixa cair porque já está indo embora. Já foi. Minha cabeça bate no chão, o sol explode e eu sei o que vai acontecer depois. Ou o que já aconteceu.

O fogo e a garota. Eu sei o que aconteceu.

O Diário de Janie Vivian

Era uma vez uma pastorinha que gritou: "Lobo!"

Na aldeia, todo mundo ouviu, mas ninguém foi ajudar.

— Os lobos daqui são bonzinhos — disse um dos aldeões. — Eles não machucariam ninguém.

— Ela só quer atenção — disse outro. — Provavelmente nem viu um lobo.

— Talvez ela estivesse de capuz vermelho — sugeriu outro. — Vermelho atrai lobos. Todo mundo sabe. Se ela estava de vermelho, ela estava indo atrás de problema.

— Ela provavelmente estava flertando com o lobo — gritou outro. — Ela flerta com todos os lobos!

E os aldeões a ignoraram e seguiram suas vidas.

Daí em diante, a pastorinha prendeu a respiração e mordeu a língua. Ela carregava fósforos nos bolsos, porque se os aldeões não viessem quando ela gritasse "lobo!", talvez eles viessem quando vissem o fogo.

NÃO AO MEDO

antes

16 DE OUTUBRO

– Não entendi – diz Micah de novo. – Pra que serve tudo isso? Achei que a gente ia pra sua casa. Pra fogueira?

– Relaxa – digo pela milésima vez. – Tudo será revelado na hora certa. Só dirige.

– Tá – diz.

Ele está irritado, parece sempre irritado ultimamente, nós dois parecemos. É inevitável, considerando o tempo que tenho passado na casa dele, o que é irônico, visto que nós dois achávamos que o problema era eu ter me mudado para longe, mas enfim. Hoje é nosso recomeço. Vamos começar de novo.

Purificação.

O silêncio entre nós está denso, mas ele dirige em direção à Metáfora sem que eu tenha que pedir, então sei que vai dar tudo certo. Sei que vai dar tudo certo porque tem que dar tudo certo.

Saio do carro – o dele, e ele nem reclamou quando eu entrei no banco do motorista, só olhou para mim como se eu fosse surtar, o que mostra como eu tenho lidado com as coisas –, abro a mala e ele me segue, mas para. Eu não olho para ele, mas eu sei que ele está piscando rápido, e cada vez que ele fecha e abre os olhos, suas sobrancelhas se franzem mais, até estarem quase no nariz.

Normalmente usamos o carro do Micah para missões ninjas por causa da mala. O carro de Micah tem seus problemas, mas cabe um corpo inteiro na mala.

Ele não pergunta.

Mas ele pega uma caixa da mala, que está cheia de caixas, a maioria aberta. Eu peguei algumas na garagem mais cedo – é tudo que eu nunca arrumei depois da mudança porque não aguentava estar naquela casa de merda. Mas também tem uma caixa maior, uma caixa velha dos correios que eu peguei no lixo reciclável da escola, que ocupa a maior parte da mala. É essa que o Micah pega. Ele está com os pés firmes no chão, os ombros tensos, mas a caixa é muito mais leve do que ele pensa. Ele voa para trás e eu quase rio. É melhor assim. Esse é o Micah, um pouco desequilibrado e sempre envergonhado. Meu Micah.

"Eu e você", penso no caminho até o que resta da Metáfora. Não importa. Não depois de hoje. "Você e eu."

No fim, é só o que importa.

Carregamos caixas para lá e para cá, as empilhando cada vez mais altas ao lado da Metáfora. Quando estão todas lá, começamos a rasgá-las e a tirar todos os papéis: bilhetes que eu e Ander mandamos nas aulas, do sétimo ano até este ano. O resto das besteiras de contos de fadas e todos os livros. E mais coisa também, coisas que eu nem quero mais. Cadernos velhos e folhas soltas, fichários de exercícios de biologia com as margens cheias de rabiscos, manchados de canetinha.

— Meu Deus, eu sou mesmo uma acumuladora — digo, jogando uma caixa de livros de colorir no chão.

— Janie — diz Micah.

Ele está de joelhos, revirando a bagunça. Penso em impedi-lo, mas ele tem o direito de saber. Nada de segredos entre a gente, nada de mentiras, não mais.

— Janie — diz de novo, seu rosto em choque. — Esses são seus diários.

Reviro os olhos.

— Eu sei. Fui eu que coloquei eles no carro, Micah. *Dã.*

— Mas... Janie, são seus *diários*.

Ele folheia o Diário Dez, de quando eu ainda estava na fase dos desenhos. Eu vejo a tinta, aquarela, tantos desenhos. Eu fiz um desenho por dia todo dia por meses e meses. Deve ter pelo menos cem Metáforas lá dentro.

— Você não pode fazer isso — diz.

Ele bota as mãos nos sovacos para esquentá-las e eu me aproximo, puxo suas mãos e as cubro com as minhas. Não que minhas mãos estejam quentes, mas agora pelo menos estamos congelando juntos.

— Você não pode, todos os seus planos estão aqui. Você quer fazer essas coisas todas, desenhar e ir ao Nepal e escrever sobre a viagem nos diários e...

— Eu não vou queimar o Diário Doze.

Ainda. E eu também não vou ao Nepal. Eu nunca teria ido. Micah estava certo: eu teria pensado e desejado, mas teria medo demais para agir de fato. Que nem todo mundo. Todo mundo diz que quer viajar, sair de casa e se encontrar e tal, mas ninguém realmente vai. É para isso que o ensino médio serve. Você faz planos e não os executa. Você sonha e você pode ser corajoso nos sonhos, corajoso o suficiente para imaginar que existe um *eu* para encontrar, corajoso o suficiente para terminar projetos mesmo que você não tenha nascido com finais, corajoso o suficiente para planejar viagens de voluntariado mesmo que você fosse chegar lá morto por asfixia porque você vive prendendo a respiração para tentar se controlar. Por favor. Eu estou tão despedaçada que nem tem o que controlar. A passagem de avião não muda nada. Eu ainda estou apavorada. Talvez Micah consiga seu dinheiro de volta.

— Mas o resto desses. Por quê? Você sempre quis ler todos depois. Você queria ver todos no futuro, você queria lembrar tudo que a gente fez, tudo que a gente ia fazer. Você escreveu tudo, você não pode só se livrar deles, senão pra que eles serviram?

— Ah, Micah.

Minhas mãos apertam as dele com força. Nossas mãos estão até suando agora, ou talvez só as minhas.

— Nunca teve um porquê. Ainda não entendeu?

Eu solto as mãos dele, boto a mão no bolso, acendo um fósforo.

Eu largo o fósforo e o vejo cair dos meus dedos.

Vejo a chama faminta se agarrar um pouco ao meu dedo quando cai.

E cai.

Aquele papel todo queima bem rápido mesmo.

Queima e queima e queima.

Eu olho por um tempo antes de abrir a última caixa. A grandona. Não, não é verdade. Eu não abro, eu arrebento. Eu uso dedos, pés e dentes e eu a destruo, arranco os lados e os jogo na água. O fogo está atrás de mim e se espalhando pela minha corrente sanguínea. Eu estou furiosa. Eu estou raivosa.

Quando a caixa está suficientemente destroçada, eu dou um passo para trás.

Atrás de mim, Micah inspira, um som agudo que eu juro que puxa o fogo na sua direção.

— O quê? — pergunto. — Eu precisava. Elas não cabiam na caixa.

Ele está com as mãos para o alto, os olhos arregalados.

— Janie. Janie, para. Você não pode fazer isso.

— Paga para ver? — digo.

Ele segura meus ombros para me impedir, e eu me afasto e rosno:

— Cacete, Micah, me larga.

Ele me solta como se eu estivesse pegando fogo. Eu bem queria, mas não é o caso.

— Mas você ia acabar — diz, os olhos grandes demais para o rosto. — Janie, elas... elas eram lindas. Só... vamos lá, Janie. Não faz isso. Você pode acabar de fazê-las, eu sei que pode.

— Arte nunca acaba, é abandonada — digo. — Quem disse isso?

— Da Vinci — responde, tão baixo que eu quase não ouço.

— Exatamente. E se vai ser abandonada, por que não queimar?

Eu entrego o fósforo para ele.

O rosto dele empalidece.

— Quê? Não.

— Vai. Eu não consigo, então precisa ser você. Você precisa. Por mim.

— Janie, você não sabe o que está dizendo...

— Eu sei, sim. Por que é tão difícil de acreditar? Eu sei. Eu sei o que eu quero e o que eu quero é que você pegue este fósforo, acenda e largue. Ok? Micah. Por favor. Eu te amo mais do que qualquer coisa. Por favor.

Ele está mordendo a bochecha com tanta força que deve estar sangrando. Ele não consegue deixar de perguntar:

— Mas por quê?

Eu não olho para ele.

— Para. Você não quer saber o porquê.

Pelo canto do olho, eu vejo ele *quase*. Quase perguntar de novo. Quase insistir. Quase me fazer mudar de ideia. Mas ele não o faz. Ele deixa para lá.

E ele acende o fósforo.

E ele larga o fósforo.

— Tudo.

*

Elas queimam rápido, começando pelas penas, pretas e curvadas. Então o bambu. Só leva um minuto até não ter nada a salvar.

Purificação. Você queima tudo, queima e queima e queima, e começa de novo. O fogo não é grande o suficiente para isso. Este fogo é só para mim, para tudo que Janie Vivian foi. Eu olho por mais um tempo e depois vou para o celeiro buscar vodca e baldes. Quando volto, Micah está me olhando, preocupado e incerto, mas mesmo assim na expectativa.

— Acho que pessoas em geral são brasas — digo.

Ele respira fundo e leva um tempo para responder. Quando responde, finalmente, diz só:

— Ok.

— Brasas. Em geral, as pessoas estão só esperando um sopro para acender. Algumas pessoas mais sortudas são esse sopro. Mas algumas não são nenhum dos dois.

Entrego uma garrafa de vodca para Micah e ele começa a beber imediatamente. Espero ele tomar o que parece umas seis doses antes de encher os baldes com a água da pedreira. O fogo grita quando eu o apago e eu quero chorar.

Mas eu não choro. Eu pego a mão de Micah e o levo para o carro. Eu dirijo até minha casa, onde já tem gente começando a chegar.

depois

19 DE DEZEMBRO

Quando eu acordo, está quase escuro. A lua está enorme e subindo. Eu estou congelando. Não sinto meus dedos.
Eu lembro e depois esqueço.
Eu esqueço e depois tudo volta.
Eu perco a conta de quantas vezes vomito.
Eu perco a conta de quando perdi a conta.
Eu não sei como cheguei aqui, mas estou deitado na grama. Depois estou deitado nas pedras. Depois na grama. O mundo é vertical e horizontal, feito só de céu. Eu não sei o que está acontecendo, mas talvez não esteja acontecendo nada.
– Janie – sussurro.
As estrelas estão frias e pegando fogo, como ela. As estrelas são distantes e tudo, como ela.
– Janie, Janie.
– Micah? É você?

Janie estava dirigindo. Era o meu carro, mas era ela quem dirigia. O cabelo dela estava solto; as janelas estavam abaixadas ignorando o frio. Ia nevar em breve. Eu me lembro de pensar nisso enquanto tomava mais uma dose.

— Tá bom! — gritou Janie.

Eu pulei. A garrafa já estava na minha boca e eu engoli mais vodca barata do que eu aguentava, e olha que eu aguentava muito. Eu tossi, quase engasguei, quase vomitei.

Janie estava com metade da cabeça para fora da janela e dirigindo rápido demais. O cabelo voava atrás dela, brilhando mais do que suas asas em chamas.

Suas asas em chamas. Eu tinha botado fogo nas asas.

— Eu e você! — gritou enquanto o carro desviava de um lado para o outro e eu tentava manter a vodca na garrafa. — Eu e você, universo! Vamos lá!

Eu me lembro do alívio. Ela estava doida, então era Janie. Essa era a Janie que amava fogo e carregava pedras. Essa era a Janie Vivian que confiava raramente, mas profundamente, e que tinha esperança até o último fio do cabelo. Essa era a Janie Vivian que eu amava com cada átomo de cada célula do meu corpo desde antes da memória ser relevante.

Talvez ela tivesse ouvido meu pensamento. Talvez ela estivesse certa sobre nossas almas conectadas, porque ela voltou para o carro e passou um dedo no meu braço, do ombro ao cotovelo, tão leve, e do cotovelo à minha mão. Ela parou quando nossos dedos se encontraram e ficou assim até pararmos na frente da casa dela. Tivemos que parar um pouco longe porque já tinha um monte de carros estacionados.

Foi só quando ela se afastou para tirar a chave da ignição que eu notei que ela estava tremendo.

— Estou feliz por você estar aqui — disse ela, a voz quase inaudível.

As luzes no carro estavam se apagando e ela estava sumindo.

— A gente pode consertar as coisas — disse, minha língua espessa. — Eu e você.

Ela sempre disse que a gente podia fazer qualquer coisa. *Tudo, qualquer coisa. Eu e você contra o mundo.*

— Não — disse ela, acendendo e apagando um fósforo. — Não faz isso. Não finge. Sou eu que finjo. Você devia ser a única pessoa que nunca finge. Então por que você está fingindo?

Eu não tinha uma resposta. Em geral, eu não sabia responder ao que ela me perguntava. Em geral, eu não precisava.

Ela sacudiu um pouco a cabeça e levou a garrafa de novo à minha boca.

— Bebe.

— Por quê? — perguntei.

— Porque o universo não está nem aí, Micah — disse ela.

— Então por que estaríamos?

Meus olhos levam um tempo para se ajustar. Eu sei que não é Janie. Eu sei, mas eu ainda espero, mesmo que seus olhos sejam escuros demais, seu cabelo curto demais e suas feições angulares demais. Mesmo que ela esteja de roupa de corrida e que Janie não acredite em corrida. Mesmo que ela esteja chorando e Janie se recuse a chorar.

— Meu Deus — diz ela.

Sua voz está empapada de lágrimas e eu quero que ela vá embora. Eu quero ficar deitado aqui olhando para a lua até o céu ficar branco.

— Meu Deus, eu queria não ter feito aquilo, ok? Ok? Para de me seguir. Para de me olhar assim. Eu sei que ela te disse, eu sei. Eu tentei falar com ela, eu tentei me desculpar, mas...

— Piper? — pergunto, porque não tenho certeza. — Piper?

Ela está no chão ao meu lado agora, agachada com a cabeça nas mãos. Braços nos joelhos. Ela solta soluços abafados.

— Eu também estava bêbada — parece ser o que ela diz. — Eu estava bêbada, eu só queria ir pra casa. Eu não queria... Eu não queria que ele...

Casa. Seria bom estar em casa agora. Eu queria ir para casa. Ou lembrar onde é. Ou onde estou.

— Eu deixei ela lá — sussurra Piper, mesmo que ninguém esteja escutando. — Eu a abandonei.

Não, estou na Metáfora. Sei disso. É dezembro, não setembro. Está frio e deve nevar em breve. Janie se mudou no último dia de férias de verão antes do terceiro ano, o que faz meses, e eu ainda estou tentando lembrar. Ela fez asas e as queimou. Eu as queimei. Ela declarou um apocalipse, mas já tinha começado. Ela acreditou e parou de acreditar no amor. Nada disso importa, porque ela morreu. Ela caiu na pedreira e nunca voltou. E na noite que ela caiu na pedreira para nunca mais voltar, ela fez uma fogueira.

— Eu não... Eu não queria... — diz ela. — Eu não sabia o que fazer, o que eu devia ter feito? Eu não podia... Eu não

sabia... Meu Deus, eu não queria que tivesse acontecido. Não. Não. Meu Deus. Ela pediu que eu ficasse.
Na fogueira, eu estava no chão.

Cascalho na minha mão. Vômito na minha garganta.
Janie está me ajudando a levantar. Ela suspira.
— Droga. Eu esqueci como você fica tonto. Eu queria tomar uma dose. Eu adoro ficar bêbada. Você sabia? Claro que sim. Eu adoro, Micah. Eu adoro não dar a mínima. Meu Deus, você é tão alto. Eu odeio isso.
— Toma uma dose – digo, empurrando a garrafa para ela.
Ela me segura em pé.
— Hoje não – diz.
Andamos para sempre.
— Por que sua casa é tão longe?
Ela quase ri.
— Eu tive que estacionar bem longe. Todo mundo vai engarrafar a frente da casa e eu não quero ficar presa. A gente tem que ir embora bem rápido. Ah, espera. Aqui.
Ela coloca minhas chaves de volta no meu bolso. A mão dela está fria.
— Por quê?
— Por que o quê?
— Por que a gente tem que ir embora bem rápido?
Ela não responde. Eu não pergunto de novo.
Finalmente avistamos a casa. Ela me arrasta pelo quintal até uma cadeira e vai acender a fogueira. Tem marshmallows em uma mesa grande, junto com outras coisas, mas

eu só quero saber dos marshmallows. Não sei se consigo alcançá-los. Tomo outra dose de vodca.

Logo chegam outros alunos da nossa escola também, todo mundo da escola, e talvez eu fale com eles, talvez não. Tem cadeiras por todos os lados, cobertores e bebida. Eu vejo a bebida. Parece até que a Janie pegou todas as bebidas dos pais e botou na mesa.

E finalmente eu vejo o fogo.

Está bem no fundo do quintal, e a casa está atrás da gente. Tem mais carros chegando, carros deixando toda a turma de veteranos da Waldo High. Janie realmente convidou todo mundo. Eles gritam e se socam e acaba virando um jogo de pique-pega e, finalmente, de pique-pega com tochas.

Por um tempo, Janie passeia pela festa, fala com amigos. Ela sorri. Seus olhos são claros, e eu vejo o fogo refletido neles. Eu começo a jogar um jogo de bebida sozinho. Um gole cada vez que ela ri e encosta no braço de alguém. Um gole cada vez que ela joga o cabelo para o lado. Uma dose cada vez que ela olha para mim.

Finalmente ela volta. Eu não me lembro de ver isso. Em um instante ela não estava lá e no outro ela estava, escura e na contraluz da fogueira. Ela estava carregando um cobertor. Ela sentou no meu colo e nos cobriu. Ficamos sentados em silêncio, sem falar, mas ouvindo.

Não estava quente nem frio.

Não estava escuro nem claro.

Só estava.

*

Aqui, está silencioso, exceto pelo choro de Piper. Eu queria que ela parasse.

— Você vai ficar aqui? — pergunto, porque quero ir embora.

Ela levanta a cabeça rápido. Ela está de boca aberta e seus olhos estão se afogando, afogando.

Ela me dá um tapa. Minha cabeça estala. Quando viro para a frente de novo, Piper também está indo embora.

E eu estou me afogando, afogando.

Não, espera.

Não é isso.

Não exatamente.

O Diário de Janie Vivian

Era uma vez a Bela Adormecida, que foi estuprada e só acordou quando pariu gêmeos.

Era uma vez uma pequena sereia que morreu.

Era uma vez um beijo do amor verdadeiro que não funcionou com a Branca de Neve, mas o príncipe arrastou o corpo até o castelo mesmo assim.

Era uma vez Sherazade, contando histórias para continuar viva. Rapunzel, carregando filhos pelo deserto e quase morrendo de fome. A filha do moleiro, com medo demais para dizer não. Chapeuzinho Vermelho, perdendo a virgindade. Janie Vivian, tentando lembrar de respirar.

Fim.

antes

16 DE OUTUBRO

A parte mais difícil já passou. A etapa três era a fundamental, de comprar gasolina com o Visa do Ander a largar o cartão de volta no carro dele quando a gente se cumprimentou com um abraço. Eu tomei cuidado: ninguém me viu, ninguém estranhou, eu não deixei digitais.

Ah, claro, esqueci de dizer: eu tenho um novo plano. Uma nova missão ninja. Esta tem quatro etapas. Incêndio é mais fácil do que amor.

A quarta etapa é a mais divertida. Também envolve maconha no meu quintal, música ruim e casais transando nas cadeiras mesmo que esteja tão frio que amanhã provavelmente alguém vai reclamar de ter congelado o pinto, mas eu só tenho que esperar. Todo mundo só precisa ficar um pouco mais bêbado.

Micah está largado em uma cadeira e eu estou no colo dele, a cabeça apoiada no seu braço, encolhida em posição fetal. Ele perde e retoma a consciência e olha para a casa. Mesmo no escuro é feia, idiota e obscena. Mas daqui a pouco isso não será mais um problema, então eu tento pensar em outra coisa.

Ele pisca. Sacode a cabeça, ou tenta, e olha ao redor.

— Isso tá meio chato — diz ele, mas eu só entendo porque o conheço também. As palavras saem emboladas e adoráveis.

— Tá — digo. — Mas a diversão já vai chegar. — *É só esperar*.

Ele está com a cabeça pendurada e meu coração dá uma apertada. Talvez eu tenha feito ele beber demais. Cutuco sua bochecha.

— Micah? Oi? Olha pra mim.

Ele tenta e eu sei que não devia, mas rio. Ele está tão confuso e fofo e está tentando. Está mesmo.

— Me conta um segredo. Não, não conta. Não quero contar segredos hoje.

Já temos segredos o suficiente. Temos até demais.

— Me conta sobre o seu dia preferido — digo.

— Hã?

— Seu dia preferido. Nós dois, juntos. Seu dia preferido.

Ele tenta coçar a cabeça. Ele pisca, tentando se concentrar.

— No que você está pensando? — pergunta ele.

Eu quase rio. No que estou pensando? No que *não* estou pensando?

Estou pensando no Ander e no tipo de amor que começa e acaba na boca. Estou pensando na Piper do meu lado em um banco de ônibus com a mesma música tocando na nossa cabeça, na nossa amizade sem responsabilidades e em como eu teria ficado com ela de qualquer jeito. Estou pensando nas garotinhas do Nepal e em como elas provavelmente não têm um Micah. Micah. Estou principalmente pensando nele. Estou pensando na cara dele na janela em frente a minha. Estou pensando nas conversas das quais nenhum de nós lembra. Estou pensando nas vezes em que quis agradecer mas não encontrei as palavras certas e nas vezes em que quis me desculpar mas não tive coragem. Estou pensando na cara dele quando beijei Ander na competição. Estou pensando em como eu o usei. Estou pensando na cara dele, que se tensiona quando ele está irritado e faz covinhas quando ele sorri.

Estou pensando em como a gente se ama. Estou pensando na nossa alma, um átomo cheio de hematomas agora que eu a arrastei atrás de mim com minhas mãos cobertas de lama.

– Micah? – digo.

– Sim?

– Você acha que tem coisas sem solução?

Ele fica tenso. Eu olho o fogo e, mesmo que eu o conheça até o último fio de cabelo, eu não sei o que ele vai responder.

– Como assim?

Ele tenta me afastar, mas não posso, *não posso soltar*.

– Que nem... Que nem a gente?

– *Não* – digo, enrolando meus dedos na camisa dele e o puxando para mais perto. – Não a gente. Nunca.

– Ok – diz ele, como se fosse "graças a Deus", e eu escondo meu sorriso no ombro dele. – Sei lá, Janie. Não sei do que você está falando.

Eu suspiro. Pego a garrafa, tomo uma dose rápida, só uma, e aperto meus olhos ao engolir.

– Ok – digo. – Então. Se você pudesse voltar no tempo e mudar uma coisa, o que seria?

Eu o pego desprevenido. Ele pisca. Micah joga a cabeça para trás e eu encosto na garganta dele, no ponto em que ela treme com uma resposta que ele não quer dizer.

— Eu não teria ido com a babá — diz ele, tão baixo que eu mal entendo. — Eu teria feito meu pai ficar em casa.

— Mas sua mãe ainda teria morrido.

Ele se assusta.

— Não, desculpa. Desculpa — digo de novo, mais baixo, apoiando minha cabeça contra seu peito e ouvindo o coração batendo, batendo, batendo. — É só... Não é? Tudo ainda teria acontecido como aconteceu.

— É — diz ele. — Acho que sim.

Todos esses talvez. Todas essas oportunidades, possibilidades.

— Eu tenho pensado muito nisso ultimamente.

Eu não consigo parar. Não paro de imaginar todas as formas como isso teria dado certo se a gente estivesse tentando um pouco mais. Se a gente tivesse cometido erros menores.

— O que quer que você faça, o que quer que você mude, tudo vai dar na mesma — continuo. — Algumas coisas são inevitáveis. Não importa o quanto você tente, as coisas que vão dar merda ainda dão merda. Coisas horríveis acontecem, Micah, e a gente não pode impedir. Não dá.

Então a gente faz mais coisas horríveis.

— Ah — diz ele, fechando a cara.

Ele está sonolento, piscando e tentando focar em mim, e meu amor por ele de repente é intenso e total. Eu o beijo no nariz.

— Dia preferido — digo de novo. — Hora de contar uma história. Quero saber sobre o seu dia preferido.

— Ah. Hum. O peixe? Se lembra do peixe?

E ele para por aí. Abro os olhos e o encaro.

— Isso não foi uma história. Eu quero uma história.

— Ai, Janie, vê se cresce.

Mas ele obedece.

— A noite em que a gente botou um peixe no carro do Grant Ebber, que ele levou uma semana pra encontrar?

— Me conta sobre a noite — murmuro.

Eu podia dormir assim. A música está alta demais e a fumaça está me dando dor de cabeça, mas não é difícil fingir de novo, fingir que somos só nós dois, atrás da cortina de fumaça e da música impenetrável.

Mas, no fim das contas, fingir nunca é difícil.

— Céus, Janie, eu não me lembro da noite. Estava chovendo? Acho que não no começo, só estava nublado, e eu já estava dormindo e você estava... Você estava com tanta raiva.

— Claro que eu estava com raiva — digo. — As merdas que estavam falando sobre Myra... Eram só. Agh. Pessoas, Micah. Pessoas são horríveis.

Ele continua. Ele está começando a embolar as palavras.

— Certo, ele deu um pé na bunda dela porque disse que ela estava chupando o time todo de basquete para dar sorte. Não que tenha funcionado. Disseram que o hálito dela cheirava a peixe e você queria provar que era mentira. Então a gente foi ao Pick 'n Save e comprou os dois maiores peixes do mercado. A gente colocou os peixes na mala dele e depois voltou pra minha casa, subiu no telhado e escolheu superpoderes na chuva.

Eu escorrego um pouco, me ajeito para ficar com a cabeça apoiada no cotovelo dele e olho para Micah. Eu também me lembro daquela noite, da chuva forte no teto do carro, da caixa com cabelo rosa que riu e disse que a gente era doido e disse para o Micah não me largar nunca. Eu me lembro de dançar quando a gente voltou, de valsar na calçada e pisar no pé dele e de ele pisar no meu pé, de tropeçar e balançar e de estar encharcada, de rir com as cabeças jogadas para trás, de beber a chuva como se a gente estivesse morrendo de sede.

— Mas por que esse dia? — pergunto. — Por que você escolheu esse?

— Não sei — diz ele, e suspira. — Acho que... Acho que porque você estava, sabe... Doida. Totalmente louca. Você não estava nem aí pra gente ser pego, sabe? Você estava tão despreocupada que eu também não liguei. A gente estava na chuva e você estava quente e você cheirava a canela e vodca e limão e sono e, sei lá, alguma coisa mais forte... Por que você está com esse sorriso esquisito?

— Ah, Micah — digo. — Que sentimental.

Eu não achava que ele reparava nessas coisas.

— Ok, minha vez — digo, chegando mais perto. — Meu dia preferido de todos foi quando a gente foi ao zoológico no nono ano. Eu sentei do lado daquele intercambista alemão bonitinho no ônibus. Lembra dele? Hans? Que foi mandado embora uns meses antes porque pegaram ele com maconha mais de uma vez? A gente foi ao zoológico e à fazenda com a turma de biologia e eu e você fizemos dupla, corremos até a beira do pomar enquanto todo mundo dissecava maçãs, subimos numa árvore e comemos todas as maçãs que aguentamos e tudo tinha gosto de sol. Tinha um celeiro velho, que estava sendo demolido, e eu queria explorar, mas você disse que a gente não podia, que a gente tinha que voltar. Então a gente voltou e todo mundo estava na parte do zoológico, alimentando ovelhas e tal. O Sr. Marvin falava com o fazendeiro e a gente ouviu eles falarem que os marcados, os animais marcados, iam virar filé e foi tão horrível, Micah. Eu queria chorar. Acho que eu chorei. Então a gente voltou de noite. A gente se esgueirou por baixo da cerca com máscaras e placas e chocolate quente na garrafa térmica e biscoito e marshmallows, e a gente parou na frente da única câmera de segurança e protestou. Você lembra? As placas eram meio ruins...

— Você que fez!

— Tipo, SALVEM OS ANIMAIS e NÃO SEREMOS ENJAULADOS e tal. E depois, depois que a gente cumpriu nossa missão pelo planeta ou pela causa ou sei lá, a gente foi para o celeiro, e você disse que ia ter ratos e cobras e coisas assim, mas a gente foi mesmo assim, e a gente abriu a garrafa térmica que tinha chocolate quente e jogou os marshmallows dentro e mergulhou os biscoitos e viu as estrelas seguindo a lua pelo céu.

Micah fica me olhando. Ele mexe no meu cabelo.

— Você está mentindo — diz ele. — Sua sobrancelha está fazendo... aquela coisa.

— Aquela coisa? — pergunto.

— Aquela coisa — responde, e eu rio porque ele está certo.

— Eu estou mentindo — digo e passo meu pé pro outro lado do quadril magrelo dele e me levanto, até ficarmos um de frente para o outro.

Coloco as mãos no peito dele e consigo sentir o coração, batendo batendo batendo.

— Eu estou mentindo — repito. — Você está certo. Meu dia preferido, meu dia preferido da vida toda, é este aqui.

E eu o beijo.

É um beijo leve e hesitante e dócil.

Ele não se mexe e eu não respiro.

E então...

E então...

Ele se aproxima, eu também. Ele é feito de chuva, fumaça e desejos. Ele é feito de mel e vento e é tão amargo quanto a verdade, tão intenso quanto a dor e infinitamente, impossivelmente doce. Ele é ar, finalmente, eternamente. Fácil — é o que é, é o que somos, nos encaixamos no lugar certo, ou deslizamos, ou caímos. Os dedos dele são cuidadosos, leves, nas minhas costas e na minha cintura, mal encostando. Minhas mãos pressionam seu coração e seus pulmões. Ele é Micah e eu sou Janie e isso é o que devíamos ter feito anos e anos antes.

Nos beijamos assim por muito tempo. Séculos, talvez. Eternidades.

Mas então ouvimos um assovio. Nada agradável. É agudo e alto, atravessa a música e se enfia nos meus tímpanos e eu solto Micah, olho para cima e é Ander, com Piper, e ele está sorrindo o sorriso mais feio do mundo e ela só parece querer ir embora.

De novo.

De repente, estou fria. Sou esculpida em gelo.

— Uau, Janie — diz Ander, apoiando o cotovelo nas costas da cadeira, com o copo amassado na mão, derrubando bebida na gente. — Micah Carter? Sério? Você dá mesmo pra qualquer um, hein?

Mas estou olhando para Piper. Encarando fixamente, mesmo que ela não encontre meu olhar.

Minha fúria é repentina, quente e crescente. É impulso. Eu olho para Piper e cuspo:

— Espera. *Não vai embora.*

Ander ri e me beija.

Eu estou surpresa demais para impedi-lo.

Eu estou lenta demais para dizer não.

E Piper.

Piper finalmente olha para mim e ela não o impede.

Ele me tira da cadeira com seu corpo estúpido de lutador e continua me beijando, o cobertor cai no chão e o frio me atinge por todos os lados de uma vez, a barba por fazer arranha minha cara e o hálito dele cheira a bebida e eu queria que ele fosse mais nojento para eu poder vomitar na boca dele.

Ele fica mais nojento. Ele leva a mão para a barra da minha camisa e eu não estou congelada, eu estou afogada em nitrogênio líquido, eu estou gangrenando, eu estou criogênica.

Mas ainda sinto quando algo se mexe atrás de mim e, de repente, não ligo para Piper ou para Ander. Quando consigo afastar Ander, quando consigo respirar o suficiente para fugir, Micah está desaparecendo na escuridão.

— Micah — tento, mas minha voz está presa no fundo do meu ser, apodrecendo com o frio da minha barriga que tinha derretido por uns segundos quando eu e Micah nos tocamos. Mas está tudo morto de novo, entupindo minha garganta.

— Não se preocupa — diz Ander. — Vamos lá, Janie. Para de frescura.

E a mão dele está no meu pulso e eu viro rápido e grito para ele:

— *Não!*

Eu o soco bem na cara, caso o recado não estivesse dado.

Piper assiste, horrorizada, a boca aberta, inútil e idiota.

— Vai se foder — digo, e falo com vontade, mesmo, não odeio ninguém tanto quanto a odeio neste instante.

Então estou passando por eles, correndo. Não tenho mais meu cobertor e o ar está tão frio que dói, por todos os lados.

— Micah — grito, chorando. — Micah, espera.

Ele já está quase na rua e hesita por talvez um segundo antes de virar de novo, mas o segundo basta. O momento. O momento precisa bastar.

— Micah — digo, correndo, atingindo ele, colidindo.

A colisão o faz perder o ar e o meu também desaparece. Ou talvez nunca tenha estado lá.

— Micah, não vai embora, só ouve, me ouve...

— Estou cansado — diz, muito, muito baixo, e eu soluço no silêncio.

Ele está olhando para baixo, brincando com a chave do carro com dedos descuidados.

— Micah, para, você não devia dirigir assim, para...

— Eu não vou dirigir. Estou procurando o Dewey. Ele vai me levar.

A raiva que sobe em mim não é racional, eu sei, mas eu não consigo me impedir de cuspir:

— Claro que vai. E onde ele está agora? Meu Deus, Micah, você vive voltando pra ele porque ele está apaixonado por você, mas você não entendeu ainda? Não importa. Ele não está aqui. Aqui estamos *nós*, Micah. Você e eu. Eu e...

Ele vira para outro lado.

— Eu estou cansado — diz de novo, de muito longe. — Janie, eu só não aguento mais essa merda, ok?

— O quê?

É então que ele levanta os olhos. Rápido. Seu olhar encontra o meu e eu entendo que não é o que quero, não quero olhar para ele, de jeito nenhum, não assim. Ele está tão distante que eu não sei... Eu não sei se ele vai voltar.

— Eu não aguento mais — diz devagar, deliberadamente, cuspindo as palavras sílaba por sílaba. — Não aguento mais você ferrando comigo assim. Sempre. Estou cansado de você e da sua merda toda.

— Minha merda? — pergunto, minha voz subindo a cada palavra, a cada letra. — É, eu tenho merda, Micah, quer saber por quê? Porque eu fui estu...

Garganta entupida, preciso de um encanador. Não consigo botar a palavra para fora. Engasgo nela. Engulo de novo.

Micah ri. Ele esfrega a cara com a palma da mão, tenta arrancar a vodca da cabeça e me empurra para sair do caminho.

— Que foi, Janie? O que você não está me contando dessa vez? — diz, sacudindo a cabeça. — Alguém fodeu com você, é? Como foi?

Ele está indo embora e eu não consigo pensar no que ele disse, não dá; mas também não posso deixar ele ir embora.

— Micah — digo. — Micah, mas *nós*. Mas *eu e você*.

Para sempre.

Por tudo.

Janie e Micah.

Micah e Janie.

— Micah — grito. — Micah, mais do que qualquer coisa. Você ouviu? *Eu te amo mais do que qualquer coisa*.

Ele olha. Ele olha nos meus olhos e diz:

— Não. Sai de perto de mim, Janie. Eu vou para casa. Só... não. A gente devia só... A gente devia parar de tentar, Janie.

Ele vai. Ele vai embora.

Eu o vejo andar e estou sacudindo tanto que o mundo está embaçado. Mas eu respiro fundo. Prendo a respiração. Me controlo. Micah vai voltar, porque ele precisa voltar. Por enquanto, eu tenho coisas mais importantes a fazer. Eu tenho que garantir que o universo vai se equilibrar. Que os malvados sejam punidos, mesmo que os bonzinhos raramente sejam recompensados.

Que a diversão comece.

A pena máxima para estupro é difícil de encontrar. Eu sei. Eu procurei. É difícil de encontrar porque é difícil de condenar, o que é engraçado. Imagina: você é uma vítima. Você é uma vítima e a pessoa que te deu esse rótulo desgraçado provavelmente nunca será punida porque ninguém acredita em você, mesmo se você chegar a ter a oportunidade de dizer alguma coisa. Ele nunca vai ser preso e nunca vai entender o que é estar encurralado, o que é apodrecer.

Estupro? *Estupro* é uma palavra que ninguém quer gritar ou ouvir. Mas digamos...

... digamos...

Que deixemos essa história para lá, morta e enterrada, apodrecida e cheia de vermes. Que nunca falemos essa palavra de novo. Tudo bem.

Existem outros crimes.

Faz tempo que quero ver meu quarto. Ver onde começou e acabou, mas que final de merda. Ainda não fui. Nem fui para o segundo andar enquanto organizava a fogueira. Nem saí da cozinha. Eu só precisava assaltar a garagem para pegar as coisas para queimar. Eu não tinha voltado até hoje. Faz séculos que nem falo com meus pais, o que deve significar que eles não querem que eu volte. É meio estranho. Eles passaram tempo demais indo atrás de tudo que eu fazia por dezoito anos e agora parece ter sido em vão.

A gasolina está na garagem e eu entro pela porta lateral. Todas as luzes estão apagadas e estou longe demais da fogueira para alguém me ver, não que fossem notar minha ausência, de qualquer forma. Vai levar minutos. Segundos. Carrego os galões de dois em dois para o segundo andar. Da janela, vejo a fogueira e os pontos iluminados das tochas com as quais os garotos estão brincando. Eu respiro fundo.

Eu abro a porta do meu quarto.

Meu Deus. Meu Deus, *como*? Como é possível ainda cheirar a ele?

Eu tinha planejado um ritual dramático: ia encharcar a cama e dar voltas nela, mas acabo só prendendo a respiração e correndo em todas as direções. A gasolina vaza, desesperada. Cascateia.

Eu faço o resto rápido. A sala e a cozinha. A antessala e o escritório. O quarto da mamãe e do papai vai por último. Penso na cara deles enquanto derramo. A linda casa deles em cinzas, a filha linda e horrível com uma história que talvez, finalmente, eles ouçam.

Então volto para o meu quarto. Pego o Diário Doze e um fósforo. Movimentos rápidos, sem precisar pensar. Acendo o fósforo, boto nas páginas do diário e largo o diário. Começa.

Eu corro.

Meu peito está apertado apertado apertado, mas estou correndo. Pela porta lateral, até a festa, onde está todo mundo bêbado brincando de pique-pega. Ninguém me vê até eu começar a gritar.

— Fogo!

depois

20 DE DEZEMBRO

– Micah? Micah, tá me ouvindo? Não desliga, Micah.
– Dewey.
– É, cara, sou eu. Cadê você? Por que você não voltou pra casa? Você ainda tá na pedreira? Jesus. Você passou o dia todo aí?
– Dewey, eu te vi. Depois da Janie. Você estava perto dos carros de polícia.
– Ok, vou ligar pro seu pai...
– Eu disse que nunca mais queria ver a cara dela. Que a gente devia parar de tentar. Você sabia? Eu não queria, na verdade. Eu estava muito bêbado.
– Você tá bêbado agora? Quanto você bebeu?
– Você não devia ter me dito que ela era doida. Eu ainda estava tentando não voltar. Eu ainda a amava. Ainda amo. Mas ela era maluca. Ela que começou o incêndio, sabe.
– Ok, ótimo, a gente pode conversar sobre isso depois...
– Mas ela vivia tentando me dizer que eu só era seu amigo porque você estava apaixonado por mim. Eu estava muito

triste, Dewey. Eu estava muito triste. Eu achava que talvez ela estivesse certa. Desculpa. Mas ela vivia me dizendo.

— É, tá, dane-se ela, mas...

— Desculpa por ter te beijado. Desculpa. Desculpa por ter te feito cuidar de mim nas últimas semanas também. Deve ter sido uma merda. Meu pai não estava te pagando, estava?

— Micah, eu preciso que você se concentre e me diga onde você está, ok? Olha, só...

— Achei que ele não estivesse. Você é um cara incrível, Dewey. Você sabia disso? Você é incrível.

— Foda-se, vou te buscar. Fica aí...

— Eu finalmente entendi tudo, Dewey. Acho que eu finalmente entendi tudo... ah. Ah, merda. Meu Deus.

— Micah...

— Meu Deus, Dewey, meu Deus. Meu Deus. Fui eu. Eu lembro, eu lembro o que disse pra ela. Dewey, que merda, *que merda*.

— Micah, respira...

— Merda merda merda merda, meu Deus, meu Deus, ela não caiu, Dewey, ela não caiu da pedreira, né. Né? Que merda, que merda, que merda...

— Micah? *Micah!*

Mas é tudo que ouço.

Eu olho e olho para o gelo na pedreira e tudo que vejo é o cabelo dela

afundando

ainda mais.

antes

16 DE OUTUBRO

O fogo queima e queima.

É legal e tal, mas...

Cadê o Micah?

A polícia e os bombeiros aparecem. Tem gente gritando e correndo. Se elas estiverem queimando, é por causa das tochas. Alguém caiu da colina e provavelmente torceu o tornozelo. Tem dedos sendo pisoteados, porque as pessoas estão tão bêbadas que acham que deitar no chão é uma boa ideia enquanto os mais sóbrios estão correndo.

Estou sentada no meio-fio e ninguém nota, exceto pra me pedir para sair do caminho. A casa está quase toda destruída.

Não sei quanto tempo fico ali sentada, olhando e olhando para a rua, esperando ele voltar.

Começa a chover.

A casa já era, e agora a polícia está começando a investigar.

Respiro fundo e me controlo o suficiente para sair dali.

Vou para o celeiro primeiro. Boto meus fósforos e minha pedras e as passagens para o Nepal junto do álcool, atrás do trator enferrujado. Não acho certo ficar com as passagens. Talvez Micah possa usar o reembolso para pagar por aquela multa por excesso de velocidade. Eu quero que ele fique com a pedra.

Nada a temer.

Mas estou apavorada. Sento no chão do celeiro e inspiro ar aos pouquinhos, mas não solto nenhum. Preciso de Micah. Micah era meu álibi. Micah devia estar bêbado demais para lembrar que eu não estava ao lado dele a noite toda.

Meu telefone continua vibrando no meu bolso e eu finalmente o pego. Tenho cinco chamadas perdidas, provavelmente da polícia, e algumas mensagens de *caralho que loucura tá tudo bem cadê você sinto muito pela casa* e uma do Ander, que é só uma foto do seu dedo do meio.

É tão ridículo, tão *Ander*, que eu quase rio antes de perceber.

O dedo dele não está na fogueira. Ele me mandou faz um tempo, provavelmente logo depois que eu corri atrás do Micah, e ele está num carro e não na minha casa e definitivamente, definitivamente não botando fogo na casa.

Meu Deus. Meu Deus, meu Deus.

Merda. *Merda.*

Não é justo.

Não é, não é justo, ele vai se safar e eu... Eu vou continuar sufocando queimando tremendo paralisada aterrorizada aterrorizada aterrorizada. Não. *Não*. Ele vai se safar, né, claro que vai, claro claro claro. Tem um grito na minha garganta e ar demais bloqueando a passagem. Não, não é justo. Como... Como o universo pode mesmo não dar a mínima? *Como?*

Tento respirar, mas onde posso soltar a respiração agora? Minha casa idiota de merda já era e Micah também. *Micah.* Meu Deus, Micah. Tento de novo, mas estou tremendo e meus pulmões colapsaram porque não importa, a polícia vai descobrir que não foi mesmo Ander, e só *não é justo, caralho*, e não aguento mais, não dá, por que aguentaria? Micah foi embora, Micah não vai me defender. Meu Deus. *Micah.*

Fico de pé.

Está muito escuro.

Abro as portas do celeiro e continuo a andar. Vou até o que restou da Metáfora. Me sento sob a chuva furiosa e boto um punhado de pedras no colo. Pego a minha caneta e começo a escrever nas pedras inacreditavelmente lisas.

Piranha.

Puta.

Vaca.

Que bunda boa.

Procurando problema.

Mentirosa.

Mentirosa.

Mentirosa.

Rosas são vermelhas, azuis as violetas, Janie é uma piranha, a maior desse planeta.

Janie Vivian é uma piranha, Janie Vivian é tacanha, Janie Vivian ninguém quer, Janie Vivian deve morrer.

Piranha.

Piranha.

Puta.

Piranha.

Piranha.

Vaca.

Alguém fodeu com você, é?

Como foi?

Quando acabo, quando elas estão nos meus bolsos, nas minhas mangas e no meu capuz, olho para a água e penso sobre ausência.

Essa é a verdade, acho. Não pegamos momentos na passagem. Não pegamos os momentos. Só tentamos, sofremos e desejamos fadas madrinhas e príncipes encantados. Que pena que nada disso é verdade. Que pena mesmo.

Meu nome é Janie Vivian e eu não existo.

A água está fria e subindo.

Está subindo e subindo e subindo mais.

O momento passou.

Fim.

depois

20 DE DEZEMBRO

Nunca aprendi a acender fósforos direito. Sempre queimo o dedo. Nunca
consigo
fazer
direito.
Nada, na verdade.
Desculpa, não tenho coragem de fazer como você fez. Não consigo entrar andando. Mas talvez eu consiga cair.
Eu largo os fósforos no gelo, um por um. O gelo é fino e escuro. Atrás de mim está o espaço vazio onde ficava a Metáfora. Onde passamos toda quinta. Onde comemos batata frita, contamos pedras, escalamos e caímos. Onde você declarou um apocalipse e eu escolhi a música.
Eu vejo os fósforos caírem e acho que posso fazer o mesmo. Nem tenho que fazer nada. Só deixar o gelo derreter e quebrar. Só deixar a gravidade fazer o que faz. Não dá pra errar nisso. Eu já errei tanto, estraguei tudo. Acho que entendi. Acho que ela queria que o Ander fosse preso e eu também queria, mas estraguei tudo.

Os fósforos estão acabando. Só sobraram uns dez. Penso em apocalipses.

Dez.

Em 634 a.C., os romanos acharam que a cidade ia desaparecer porque era o aniversário de cento e vinte anos de sua fundação, porque Rômulo supostamente recebera doze águias dos deuses quando descobriu Roma e os filósofos velhos e grisalhos achavam que cada águia representava uma década. Mas passou e o mundo não acabou, mas os romanos acabaram morrendo mesmo assim.

Nove.

O papa Silvestre II conta para todo mundo que o mundo vai acabar em 1000 d.C., provavelmente porque é um número bem redondo. Todo mundo surta. Surgem revoltas pela Europa toda. Pessoas viajam para Jerusalém para... o quê? Não sei. O mundo não acaba. Todo mundo segue vivendo.

Oito.

O papa Inocêncio III, enorme islamofóbico, diz para todo mundo que o mundo vai acabar seiscentos e sessenta anos após a ascensão do Islã. Ele está errado.

Sete.

A Peste Negra atinge a Europa em 1346. Dizem que é um sinal do fim dos tempos e, para muita gente, é mesmo. Alguns morrem. Outros não. O mundo continua, mas param de jogar merda na rua.

Seis.

Thomas Müntzer diz que é o início do apocalipse. Todo mundo diz que é 1525. Ele e seus seguidores são mortos pelo governo por alguma razão misteriosa que a Wikipédia não explicou e que portanto não está no meu trabalho final. Ele é torturado *e* decapitado, então foi bem apocalíptico mesmo.

Cinco.

Cristóvão Colombo pula no bonde do apocalipse em 1501 e escreve o *Livro de Profecias*, no qual declara que o mundo vai acabar em 1656, quando ele certamente estará morto para não ter que ser testemunha.

Quatro.

1666, só porque tem o número seiscentos e sessenta e seis. Só por isso.

Três.

1806. Uma garota chamada Mary Bateman tem uma galinha que põe um ovo que proclama o retorno de Cristo. Gente rica idolatra a galinha. Gente pobre morre porque não tem galinha. Acabou que a Mary Bateman se deu ao trabalho de escrever todas as palavras no ovo e até enfiou ele de volta na galinha.

Dois.

Janie Vivian declara um apocalipse de cima de uma pilha de pedras que não tem significado nenhum. Esse não é adiado. Esse não é mal calculado. Esse é verdade. É verdade. É verdade. É verdade.

Um...

– *Micah!*

Uma porta de carro bate e Dewey corre, mas estou no último fósforo e ele para. Ele está com as mãos para cima.

— Micah — diz, agora calmo, forçado, cheio de pressão. — Micah, sua cara tá uma merda.

O último fósforo está na minha mão. O gelo está fino e claro sob meus pés. Encosto a cabeça do fósforo na caixa. Pressiono.

— Eu estou me sentindo uma merda, sinceramente.

— Imaginei — diz ele.

Devagar. Ele fala devagar. Ele vem na minha direção devagar e para na margem. Põe um pé no chão.

Não quero devagar. Quero um movimento rápido do punho. Quero cair. Quero que isso tudo acabe.

— Eu a matei — digo sem emoção.

E movo minha mão

E o fósforo acende

E estou prestes a deixá-lo cair

E cair também

Quando Dewey diz:

— Eu também.

E o fósforo

queima.

— Quê?

— Ela escreveu nas pedras — explica. — Ela escreveu o que as pessoas disseram para ela, coisas horríveis. Encontraram as pedras quando tiraram o corpo da água. Você quer saber como ela morreu? Foi assim que ela morreu. Ela botou pedras em todos os cantos que conseguiu e entrou na pedreira. Ela escreveu coisas tipo *"piranha"* e *"vaca"* nas pedras e elas a afundaram.

Eu olho para ele. Ele olha de volta. A luz da lua está horrível e por todos os lados. Dewey dá um passo no gelo.

– Eu abandonei ela – digo finalmente. – Não é? Eu lembro. Eu disse que a gente devia parar de tentar. Depois que ela beijou o Ander. Mesmo que o Ander... Mesmo que...

Eu ouvi, eu sabia e eu nunca perguntei para ela o que aconteceu. Eu nunca tentei porque não sabia como.

– É – diz Dewey. – Você foi babaca. Você foi um amigo babaca.

– E Ander – digo. – Nada vai acontecer com o Ander?

Dewey fica em silêncio por um momento.

– Não – diz finalmente. – Acho que não. Quer dizer, sabe. Ninguém tem o que fazer agora. Talvez os pais dela, mas fodam-se eles.

O fósforo queima

e queima

perto do meu dedo.

– Ele vai se safar – digo. – E eu fui um amigo de merda.

– E ela era uma vaca manipuladora. E eu fumo sem parar e nunca dei uma chance pra ela. Nem ninguém.

– Apocalipse – digo. Minha boca faz a forma, mas não consigo ouvir as palavras. Olho e olho para o fósforo. – Entropia. Eu só quero que acabe. Eu só quero que tudo acabe. Ok?

– Por que você quer isso, cacete? – pergunta ele.

Eu pisco. Eu olho para ele e ele olha de volta.

– Eu a abandonei – digo e ouço dessa vez.

Mais. A voz embargada dela atrás de mim. Ela perdendo o ar quando não respondeu minha pergunta e eu não perguntei de novo. Os batimentos cardíacos nas pontas dos dedos, os dedos ao redor do meu punho e as unhas cravadas na minha palma.

Ele dá mais um passo.

— É, já falamos disso. Você fez merda. Eu fiz merda. Ela fez merda.

— Vai tudo pra merda. Então só devia acabar logo.

O gelo está brilhando com a luz da lua sob meus pés e só consigo pensar na Janie lá embaixo. Entrando na água com os bolsos cheios de pedras.

O fogo chega no meu dedo e começa a queimar.

Mas então de algum jeito Dewey está ali, com a mão no meu cotovelo, e ele está me levando para a terra firme e o fósforo

o fósforo escorrega

e cai

não no gelo

mas na rocha

onde Dewey pisa nele.

Ele olha bem nos meus olhos e diz:

— Bom, isso foi idiota.

Minha mão está vazia. Nada de fogo. Nada de unhas cravadas.

— Quê?

— É só você ser um amigo melhor, imbecil.

Não tem desequilíbrio dessa vez. Não é a terra que vira; finalmente, sou só eu.

Acordo no chão, com pedras arranhando minha bochecha e um fósforo do meu lado. Meus óculos estão quebrados de novo, mas o mundo está se reconstruindo e Dewey está falando rápido no telefone, provavelmente com meu pai.

Eu espero eles terminarem e pigarreio. Dewey se aproxima. Ele se agacha perto de mim, cotovelos apoiados nos joelhos.

Eu olho para ele e digo:

– Tinha uma coisa que ela queria fazer. Bom, ela queria fazer muita coisa. Mas tinha uma viagem para o Nepal, uma viagem de voluntariado, pelo direito das mulheres.

– Ok – diz Dewey.

– Eu comprei a passagem dela no nosso aniversário – digo. – Acho que vou usar. Eu vou usar.

– Ok.

– Você quer ir comigo?

Ele me olha por um momento, um momento passando. Ele confirma com a cabeça. Eu também. Então boto a mão no bolso e pego a pedra de Janie. Talvez eu a dê para a Piper. Eu não preciso mais do recado para lembrar. Não tenho mais nada a lembrar.

Não tenho nada a temer.

Impressão e Acabamento:
LIS GRÁFICA E EDITORA LTDA.